Sonya
ソーニャ文庫

蜜獄愛

富樫聖夜

イースト・プレス

contents

プロローグ　彼女の過《あやま》ち

姉の部屋の扉が開いていることに気づいたのは、セルレイナが書斎へ本を取りに行き、戻ってきた時だった。

公爵家に嫁《とつ》いだ姉ナディーンの部屋は、普段は閉じられている。それがほんの少しだけ開いていた。

――掃除のため？　いいえ、掃除は三日前にやっていたわ。

ナディーンの部屋は、嫁いだ後も実家に立ち寄った時にいつでも使えるようにと、週に一度は使用人が掃除に入る。けれど、掃除はつい先日行われたばかりなので、開いているのは不自然だった。

――侵入者？　まさか。

そう思いながらも、セルレイナはそっと部屋に近づいて、開いている扉の隙間から中を覗《のぞ》き込んだ。

見えたのは、濃い金色の豊かな髪を背中まで垂《た》らした女性の姿だった。女性は一心不乱に机の引き出しの中身を袋に詰めている。

見るからに十分怪しい光景だが、セルレイナはその女性をよく知っていた。

「お、お姉様……？」

そこにいたのはこの部屋のかつての主で、セルレイナの姉のナディーンだった。

声に気づいたナディーンが振り返る。

「あら、セルレイナじゃないの」

「お、お姉様、一体何をしていらっしゃるの？」

「忘れ物を取りに来たのよ。大事なものだから、ここに放置しておくわけにはいかなくて」

答えながら、ナディーンはセルレイナが手にしているものを見て、苦笑した。

「相変わらずあなたは本の虫なのね」

やや呆れた響きがあるものの、ナディーンの言葉に非難の色はない。両親は適齢期のセルレイナが書物にしか興味がないことを苦々しく思っており、彼女が本を手にしているのを見ると非難するばかりなのに、家族の中でナディーンだけがセルレイナの趣味を呆れながらも認めてくれているのだ。

「知らないことを知るのが楽しいんです」

王立図書館の司書になりたいというセルレイナの密かな夢を否定しないのも、姉と姉の夫のレヴィアスだけだった。

――叶うはずのない夢だけれど……。

「今日、お姉様がいらっしゃるとは思わなかったわ。お父様やお母様も出発前には何もおっしゃっていなかったし」

それどころか、もし姉が来る予定であったら、両親は絶対にキツネ狩りの予定など入れなかっただろう。ナディーンは両親にとって秘蔵《ひぞう》っ子なのだ。出来の悪いセルレイナなどとは違って。

「お父様とお母様が今日留守にしているのは知っているわ。貴族の友だちと郊外の森にキツネ狩りですってね。このご時勢に狩りを楽しむなんて、本当、どうかしていると思うけれど、顔を合わせるつもりはないから好都合よ」

「お姉様……？」

いつもの姉と違っているような気がして、セルレイナは内心首を傾げる。

目の前にいるのは、いつもの美しくて自信に溢れたナディーンのはずなのに何かが違うのだ。

「あなたには言っておくわね。私、家を出るつもりなの」

「……え？」

「この国を離れるつもりなの。でも大事な書類をここに仕舞っていたから、取りにきたのよ」

ナディーンは机に向き直ると、残っていた引き出しの中身を全部袋に詰めていく。

セルレイナはしばらく唖然《あぜん》としていたが、はっと我に返って尋ねた。

「待って、お姉様。国を離れるってどういうことなの？　家を出るって、お義兄様のお屋敷を出るってこと？」

十ヵ月前に、リステイン公爵家の当主であるレヴィアスと結婚して実家を離れたナディーンの家は、当然ここではない。リステイン公爵家のことだろう。

「そうよ。あの人とは別れるわ」

今度こそセルレイナは絶句した。

すべてのものを袋に収めたナディーンは、部屋からスタスタと出て、呆然とするセルレイナの横を通り抜けた。

「じゃあね、セルレイナ。あなたも男には気をつけなさい。中には自分の野望のために女を平気で駒《こま》にするようなクズがいるわ。そういう男に引っかからないようにね」

忠告めいたことを言いながら玄関へ向かうナディーンの背中を見つめていたセルレイナは、慌てて姉を追い、袖《そで》を摑んだ。

「待って、お姉様！　お義兄様はどうするの!?」

「止めないでセルレイナ。あの人なら勝手にやっていくでしょう」

「で、でも、お義兄様は明後日には戦争に行かれるのよ。それなのに……！」

レヴィアスはボードダール国軍の将軍で、ベルマン国との戦いのために数日後に王都を出立《しゅったつ》することになっている。その大事な時に、妻であるナディーンが出奔《しゅっぽん》するなんて、どれほど彼の精神に負担をかけるだろう。

そのことを十分かっているだろうに、ナディーンは足を止めてくるりと振り返ると、冷めた声で言った。

「そうよ、出陣して、そして勝つでしょう。帰ってくる時には今の名声にさらに英雄の肩書が加えられるでしょうね。でもその隣に私はいないわ」

セルレイナには信じられなかった。あんな素晴らしい夫を残してどうして出て行くなんて言うのだろうか。

「そんな……どうして……」

愕然《がくぜん》とするセルレイナに、ナディーンは嫣然《えんぜん》と笑う。

こんな時なのに、セルレイナは目の前で笑う姉の妖艶な美しさに虚《きょ》を衝《つ》かれた。細い鼻梁《びりょう》に滑《なめ》らかな肌。長いまつ毛に縁どられた緑色の瞳はまるで一級品の宝石のよう。艶やかな唇が弧を描くさまは男性はおろか女性だって見とれてしまうほどの色気に溢れていた。

「ふふふ。セルレイナ。いい機会《チャンス》だと思えばいいじゃないの。私、知っているのよ。あなた、レヴィアスのことが好きなんでしょう？」

「……なっ……」

セルレイナは思わず身を固くした。そんな彼女の指から袖を引き抜きながら、ナディーンは笑う。

「隠しているつもりだったのでしょうけど、ちゃんと私には分かっていたわ。私はあなたの姉ですもの。でも咎《とが》めているわけじゃないの。レヴィアスは魅力的だものね。仕方ないわよ。私がいなくなったらたくさんの女に囲まれることでしょうから、他の女に負けないように頑張ってアタックしなさいな。あなたなら十分に、彼の心を摑むことができると思っているのよ？　冗談抜きで」

ナディーンの言う通りだ。セルレイナは姉の夫であるレヴィアスに淡い想いを抱いていた。

――なんてこと。お姉様が私の気持ちに気づいていたなんて……！

セルレイナの顔はどんどん青ざめていく。

誰にも知られていないと思っていたのに。まさか一番知られたくないナディーンが知っていたなんて。

「それじゃあね。私はもう行くわ。屋敷の外で馬車が待っているの。早いところ逃げないと……」

衝撃のあまり、セルレイナは動けなかった。

……後にセルレイナはこの時のことを酷《ひど》く後悔することになる。ナディーンにレヴィアスへの思いを指摘され、去っていく姉の背中をただ呆然と見送ってしまったことを。

セルレイナは姉の姿が視界から消えた後、ようやく我に返った。

「待って！　待って、お姉様！」

急いでナディーンを追いかけて玄関ホールに向かう。けれど、そこにはもう姉の姿はなかった。

玄関の扉を開けて外を見てみると、屋敷を囲む柵《さく》の外に一台の馬車が停まっていて、ナディーンが乗り込もうとしているところだった。

――だめ、止めなくちゃ……！

「お姉様！　待って、行かないで！」

門に向かって走る。途中で本をどこかに落としてしまったが、セルレイナに気にする余裕はなかった。

「待って！　お願い、待って！」

けれど、無情にも馬車は動き始めてしまう。

「お姉様――――！」

ようやく門にたどり着いた時には、馬車の姿はすでになかった。

当然のことながら、社交界はナディーンが消えて大騒ぎになった。

両親はセルレイナから連絡を受け、すぐさま使用人に命じてナディーンを捜させたが、

彼女の行方は杳《よう》として知れなかった。レヴィアスも軍に捜させたが、見つからなかったようだ。

王都からだいぶ離れた港で姿を見かけたという情報も寄せられたが、どの船に乗ったのかは定かではない。

けれど、目撃されたナディーンが一人ではなく男連れだったことは、早い段階で判明していた。

ナディーンは一人で出奔したのではなく、駆け落ちしたのだ。――数日後に戦地へ向かう予定の夫を残して。

この醜聞《しゅうぶん》はボードダールの社交界を大きく揺るがした。

何しろナディーンの夫のレヴィアスはボードダール国軍の将軍であるばかりか、王族の血を引く公爵で、国王の信任も厚い。その彼をナディーンは手酷いやり方で裏切ったのだ。

非難はナディーンと彼女の実家であるブロードア伯爵家に集中した。

一方、レヴィアスは予定通り軍を率いて王都を出立した。ナディーンとの離婚を申請して。

――あの時、もっとお姉様を強く引きとめていれば。

――あの時、もっとお姉様の袖を強く摑んでいれば。

――いいえ、あの時、呆然と背中を見送ったりしなければ。

けれどいくら悔やんでも時は戻らない。

姉を引きとめることができなかった。

これがセルレイナの最初の過《あやま》ちだった。

セルレイナの運命はこの日を境に大きく変わっていくことになる。

第1章　王女の家庭教師

　ナディーンの駆け落ち騒動から一年後、セルレイナの姿は王宮の中にあった。

「髪も乱れていないし、リボンも曲がっていない」

　小さな個室に備え付けられている鏡でざっと服装をチェックして、セルレイナは独りごつ。

「これでOKね」

　鏡の中には銅色の髪をきっちり結い上げ、飾り気のない濃い灰色の服を纏《まと》ったセルレイナがいた。元々目立つ顔立ちではなかったが、化粧気がない上に、服のせいかますます地味に感じられる。

　もっとも十八歳という実年齢よりも大人びて見えるのは服装や髪型のせいだけではない

だろう。

――きっとお姉様ならこれとまったく同じ服を着ていても、美しさを損なうことはないでしょうね。

「地味な私とは大違い。姉妹とは思えないと言われるのも当然ね……」

姉のナディーンは、緑色の目に濃い金髪の美しい女性だった。一方のセルレイナは瞳こそ姉と同じ色だったが、髪は銅色で、顔から受ける印象はまったく異なっている。

そのため、こうやって王宮で働くことになっても、ここにいるのが元リスティン公爵夫人の妹だと見破る人はいない。

姉妹であるため二人の顔立ちは似ているが、受ける印象がまったく違うために血縁関係があるようには見えないのだ。

だが、そのおかげでセルレイナは王宮で変に目立つこともなく、他人に絡まれたりすることもなくすんでいた。

スカートのポケットに入れた懐中時計を確認する。

「そろそろ時間ね。アデラ殿下のところに行かなくては」

セルレイナは机に置いた教材を手に、部屋を出た。

第七王女アデラの家庭教師。それが今のセルレイナの職業だ。

ナディーンの起こした駆け落ち騒動の後、ブロードア伯爵家を出たセルレイナは、社交界デビューするまでお世話になった元家庭教師、キャロルの伝手《つて》で家庭教師になった。

彼女の紹介で、田舎の男爵家で令嬢に半年間ほど外国語を教えていたのだが、三ヵ月前からは、第七王女であるアデラの家庭教師として王宮に住み込みで働いている。

――まさか、王宮で働くことになるなんて。運命はどう転ぶか分からないわね。

元々アデラ王女の家庭教師にはキャロルが就くはずだった。ところが彼女は、家庭教師先である裕福な商家の主人と結婚することになったため、自分の後任にセルレイナを推薦した。

当初セルレイナは王宮に行くことを躊躇《ちゅうちょ》していたが、お世話になったキャロルへの恩返しだと思い、引き受けることにしたのだ。

――最初はどうなることかと思ったけれど、なんとかなるものね。

貴族の家に住み込みで働く家庭教師は、家族ではないし使用人でもないという微妙な立場だが、王宮ともなるとたくさんの仕事のうちの一つに過ぎなくなる。もちろん、王族に勉強を教える立場なので、それなりに敬意を払われるが、特別扱いというほどではない。

気を遣うことも多いが、ある意味とても気楽な身分だ。

――たぶん、キャロル先生はそれを知っていたから私を後任に薦めたのでしょうね。先生は曲がりなりにも伯爵令嬢の私が平民の使用人に混じって人に仕える立場になることに胸を痛めていらしたから……。

セルレイナ自身はあまり気にしていないが、人によっては落ちぶれたと思う状況なのだろう。

——私は王立図書館に自由に行けるようになったから、とても嬉しいのだけれど。

司書になるという夢は叶えられなかったが、図らずも、今のセルレイナは本をいくらでも読める生活ができている。

もしナディーンのことが起こらなくて、あのまま家にいたら、きっとセルレイナは好きな本を禁じられ、誰か適当な人を宛がわれて、ブロードア伯爵家を存続させるためだけに結婚させられていただろう。

——だからと言って、お姉様のしたことを肯定する気はないし、今も怒っているけれど、そのことだけは感謝するべきかもしれない。家を出るきっかけを与えてくれたのだもの。

一年前、ナディーンが駆け落ちした後、ブロードア伯爵家は非難に晒《さら》された。レヴィアスほどの男性に見初められて結婚したのに、一年も経たずに別の男を作って逃げ出したのだ。批判を浴びるのも無理はない。

『一体どういう教育をなさっていたのかしらね』

『大勢男を侍《はべ》らせていらしたし。わたくしはいずれこんなことになるのではないかと思っていましたわ』

ナディーンが社交界デビュー以来、多くの男性と浮名を流して恋のゲームに興じ、女性たちの恨みを買っていたこともマイナスに働いた。

当のナディーンはおらず、またレヴィアスも戦いのために王都を離れていたので、夫婦の事情を聞き出すこともできず、その分ブロードア伯爵家に非難が集中したのだ。

おまけにレヴィアスが出立前に離婚の手続きをしていったことや、ささやかな持参金をブロードア伯爵家に返還した事実も不利に働いた。公爵家の後ろ盾どころか最悪な関係となってしまった弱小伯爵家に社交界は冷たかった。

ブロードア伯爵家は社交界から爪はじきにされ、貴族の友人はほとんどが去っていった。見栄っ張りの両親は嘆き、いつしか半狂乱となり、やるせない怒りや不満をセルレイナにぶつけるようになった。最後にナディーンと会ったのがセルレイナだったからだ。

『お前がナディーンを止めなかったからだ！　どうしてあの子を行かせたんだ！』

『私は知っているわ。セルレイナ、あなた、美しいナディーンをずっと妬《ねた》んでいたんでしょう!?　あの子が素晴らしい男性と結婚したから！　だからあの子が破滅するのを黙って見過ごしたのね!?　そのせいで私たちは――！』

来る日も来る日も責められ、精神的に追い詰められたセルレイナは、家を離れることにした。本来ならばナディーンのことで気落ちする両親を支えなければならなかったのだろうが、もう耐えられなかったのだ。

――私がお姉様を妬んでいた？　いいえ、憧れてはいても、妬んではいなかった。だって私とお姉様では本当に比べ物にならなかったもの。

ナディーンは美しいだけでなく社交的で、頭の回転も速く、打てば響くような会話で人々を魅了した。

一方セルレイナは、ナディーンに比べると地味な顔立ちで、性格も大人しく、社交はそんなに得意ではない。取り柄といえば外国語ができるくらいだが、貴族令嬢には必須ではないものだ。

両親は早々にセルレイナを見限り、ナディーンに情熱を傾けた。彼らはナディーンほどの器量があれば、伯爵より高い身分の男性を捕まえることができると期待したのだ。そのため、愛情とお金をかけてナディーンを教育した。

その甲斐あって、ナディーンはリステイン公爵で将軍でもあるレヴィアスに見初められて結婚し、公爵夫人にまで登りつめたのだった。

セルレイナは放置された。といっても、別に冷遇されていたわけではない。衣食住は十分足りていたし、きちんと世話もされていた。伯爵家の令嬢として必要なことはしてもらっていた。

ただ二人はセルレイナに無関心だっただけだ。彼女に何も期待していなかった。

――子どもの頃はそれがとても辛かったけれど、いつしか慣れてしまった。

それに、悪い面ばかりではなかった。放置されていたからこそ教育に口を出されることもなく、好きな科目を好きなだけ学ぶことができたのだ。

――それに、お姉様がいたわ。お姉様はあの家の中で唯一私に関心を寄せてくれた。

姉妹の仲はそれなりに良好だったように思う。セルレイナにとってナディーンは大好きな姉で憧れの人だったのだ。

――でも今はどう思ったらいいのか分からない……。

怒りはある。けれどその一方で、姉に対する思慕も、そして罪悪感もある。

――一番罪深いのはきっと私だわ……。

セルレイナは二つの過ちを犯した。

一つはナディーンの出奔を止められなかったこと。そしてもう一つはレヴィアスとの間に起きたことだ。

駆け落ちしたナディーンも酷いが、セルレイナもまた彼の弱みに付け込んでしまった。

――だから本当は私にお姉様を非難する資格はない。

「あ、あの、ミス・ロイネス」

アデラ王女の暮らす離宮に向かう途中、遠慮がちな声に呼びかけられてセルレイナは足を止めた。

ロイネスは母親の旧姓だ。ブロードアの名前は悪名が高すぎるので、セルレイナは母親の旧姓を名乗っていた。もちろん、王宮側にはセルレイナがブロードア伯爵家の次女であることと、母親の旧姓で通すことは伝達済みだ。

「まぁ、ケイン補佐官。こんにちは」

セルレイナを呼びとめたのは国務大臣の補佐官をしているケインだった。茶色の髪に人のよさそうな顔をした若い男性だ。広い王宮で迷いそうになった時に助けてもらって以来、何かと気にかけてくれるようになった。

「どうしましたか？」

「あの、その……」

ケイン補佐官は少しの間もじもじしていたが、やがて決心がついたのか一気に告げた。

「明日の夜、王都の大劇場で開かれる芝居の券が手に入ったので、ミス・ロイネスもご一緒にどうかと思いまして！」

どうやらセルレイナを芝居に誘うつもりで声をかけたらしい。セルレイナは困ったと思いながら、申し訳なさそうな表情をつくった。

「まぁ、ケイン補佐官。お誘いありがとうございます。でも、明日の夜は従兄と食事をする約束をしていますの。大変残念ですけど、次の機会がありましたらまた誘ってください」

嘘をついてやんわりと断ると、ケイン補佐官はがっかりしたような顔になった。

「そ、そうですか。それではまたお誘いしますので。失礼します」

ケイン補佐官は頭を下げるとそそくさと去って行ってしまった。

悪いことをしたと思うが、男性の誘いを受ける気はない。彼がだめだというのではなく、セルレイナは誰の誘いも断るつもりでいる。

——私には誰かの好意を受ける資格はないから……。

「ごめんなさい、ケイン補佐官」

呟《つぶや》いた直後、後ろの方からくすくすと笑い声が聞こえた。

「モテるね、セルレイナ」

聞き覚えのある声に振り返ると、はしばみ色の髪に水色の目をした柔和《にゅうわ》な顔立ちの男性が立っていた。

「ローランドお兄様！」

「やあ、セルレイナ。半月ぶりに顔を合わせるけど、元気なようだね」

「お兄様も。お元気そうでよかったです」

セルレイナの顔に作り笑いではなく本物の笑みが浮かんだ。

兄と呼んではいるが、ローランド・ディンゼルは実の兄ではなく父方の従兄だ。王宮で書記官として働いている。優秀であるらしく、書記官の中でもまとめ役の立場にあるらしい。

昔はよくブロードア伯爵邸を訪れていたので、セルレイナにとっては本当の兄のような存在だ。共に王宮で働くことになった今も、時々こうして様子を見に来てくれる。

歳は二十六歳。一応子爵ではあるが、祖父が与えた領地も屋敷も、彼の父が作った借金の返済のために手放しているので、今は名前だけの爵位があるだけだ。けれどローランドはそのことで卑屈《ひくつ》になることもなく、身分や爵位の高さがものを言う王宮にあって、本人の才覚だけでのし上がっていった人物だった。

「さっきの彼は国務大臣の補佐官をしている人だね。確か子爵家の嫡男だ。そこそこ評判もいい。身分的にはセルレイナにとって悪くない相手だと思うけど？」

「まぁ、ローランドお兄様ったら、私が結婚などする気はないことをご存じのくせに。それにケイン補佐官は私が悪名高きブロードアの一員だということを知らないわ。知っていたらきっと近づいてはこなかったと思うの」

　セルレイナが苦笑しながら言うと、ローランドは真顔になった。

「セルレイナ、前も言ったけどナディーンがしでかしたことと君は無関係だ。ナディーンの罪を君が背負う必要はない」

「無関係ではないわ……私がお姉様を止められなかったせいよ」

　一年前のあの日のことを思い出し、セルレイナは唇を噛みしめる。

　――あの時、お姉様をもっと強く引きとめていたら。

　その思いはセルレイナにとって常に胸に刺さる杭《くい》のようなものだった。

「ナディーンの性格はよく分かっているだろう？　君が止めたって聞かなかったさ。だからもうナディーンのしたことを自分のせいだと思うのはやめるんだ」

「ローランドお兄様……」

　ローランドは優しい。彼はとある理由でここ数年ほどブロードア伯爵家とは距離を置いていたのに、ナディーンのことを知ると、心配して屋敷に駆けつけてくれた。それだけでなく、ナディーンのことで両親から責められるセルレイナを見て、家を出る手助けまでしてくれたのだ。

家を出たセルレイナはしばらくローランドの家に滞在させてもらっていた。ローランドの婚約者に悪いので、キャロルと連絡を取ってすぐに彼の家を出たが、辛い時に手を差し伸べてくれたローランドにはとても感謝している。

だがセルレイナはそんなローランドにも、自分が犯したもう一つの過ちのことは話していない。

――これは、私が死ぬまで秘密にしておかなければならないこと。

「ありがとう、ローランドお兄様。お兄様がいてくださってよかったわ」

にっこりと笑うと、ローランドは痛ましそうな目でセルレイナを見つめた。

「私そろそろ行くわね。アデラ殿下をお待たせしてしまうから」

「ああ、そうだね。呼びとめて悪かった。セルレイナの姿が見えたからつい……」

「私も半月ぶりにローランドお兄様とお話できてよかったわ。それじゃあ」

セルレイナは挨拶《あいさつ》を交わすと、ローランドの気遣わしげな視線から逃れるかのように足早に彼の前から去った。

――ローランドお兄様は、私がどれほど罪深い女なのかご存じではないわ。もし知ったら、あの痛ましそうな視線はきっと軽蔑の視線に変わるでしょう。

それが分かっているだけに、余計にセルレイナはいたたまれなくなる。自分は同情されるような女ではないのだと、改めて突きつけられる。

犯した過ちは消すことができない。罪深さを背負って生きるしかないのだ。

緑色の瞳が涙で潤《うる》んだ。けれどそのことに気づかないフリをして、セルレイナは歩き続けた。


「お待たせしました、アデラ殿下」

離宮に到着し、アデラ王女の待つ勉強部屋に到着したのはギリギリの時間だった。

「大丈夫よ、レイナ先生。私も今部屋に来たばかりだから」

勉強用の机を前にちょこんと行儀よく座っていたアデラ王女が朗《ほが》らかに答える。

アデラ王女は十一歳で、国王と側室の間に生まれた七番目の王女だ。薄茶色のふわふわな髪に明るい茶色の目を持つ、とても可愛らしい少女だった。

王女の母親は王妃や他の側室に比べてあまり身分が高くないため、離宮で娘とひっそり暮らしている。彼女には男児もいたが、こちらは王子という身分なので母や妹とは離れて独立した住まいが与えられているとのことだ。

もっとも、離れて暮らしているけれど、兄妹の仲は悪くないらしい。アデラ王女は屈託のない性格だ。周囲に愛されて育ったのがよく分かる。

「それではさっそく授業を始めましょう。今日は算数ですね」

とたんにアデラ王女の表情が曇る。

「私、算数苦手なのよね。どこがどうして間違っているのか分からないの」

「それでもだいぶ理解できるようになりましたわ。まずは先週のおさらいの問題から。もし引っかかるところがあればおっしゃってくださいませ」

「ううう、頑張ってやってみるわ」

浮かない顔はしているものの、頑張り屋のアデラ王女はペンを手に、セルレイナが用意した復習用の問題を解き始めた。

「うーん、ここがこれで……」

その様子を見つめるセルレイナの表情は温かかった。

――とても可愛らしくていい方だわ。アデラ殿下の家庭教師になれて、私は本当に運がよかった。

アデラ王女には、読み書きや歴史、作法、芸術を教える専門の家庭教師がそれぞれ他にいる。セルレイナが受け持っているのはアデラ王女が苦手な科目だという算数と、外国語だった。

――キャロル先生直伝の教え方のおかげで、少しずつだけど確実に学んでいらっしゃる。

そのせいか、離宮で働く人たちのセルレイナを見る目はとても温かだ。中にはセルレイナがナディーンの妹だということを知っている者もいるだろうが、少なくとも面と向かって蔑《さげす》みの視線を向けられることはなかった。

――私には勿体《もったい》ないお方だわ。いつまでアデラ殿下の家庭教師を続けられるか分からないけれど、誠心誠意お仕えしよう。

「……ねぇ、そういえば、レイナ先生。あのこと聞いた？」

不意に顔を上げ、アデラ王女がセルレイナを少し心配そうに見つめる。

「あのこと？」

「近々戻ってこられるそうよ。あの人が、一年ぶりに王宮に」

「……一年ぶりに、王宮に」

おうむ返しに呟いてからそれが誰であるかを悟って、セルレイナは息を呑む。

「それはまさか……」

「ええ、凱旋《がいせん》するんですって、リスティン将軍が」

リスティン将軍。レヴィアスのことだ。

――戻ってくる。あの方が。

「そ、そうですか……」

抑えようとしても声が震えた。

「レイナ先生、大丈夫？」

アデラ王女は気遣わしげにセルレイナを見つめた。彼女はセルレイナの素性を知っているので、心配してくれているのだ。

「大丈夫です。姉との離婚もとうに成立して私とあの方は他人ですから」

これ以上アデラ王女を心配させないために、笑顔を作って大丈夫だと答えながらも、セルレイナの心は怯《おび》えていた。

――最後にあの方を見たのは……。

たくましい裸体を晒し、ベッドに顔を伏せ穏やかな寝息を立てていたレヴィアスを思い出し、セルレイナは震える。

――ああ、思い出してはだめ。あれは過ちなのだから。

「大丈夫です。大丈夫……」

必死に自分に言い聞かせる。

相手は大貴族で、しかも将軍という高い地位にある人物だ。セルレイナはほとんど離宮にいるから、顔を合わせることはきっとないだろう。

だから、大丈夫だ。

何度も何度も大丈夫だと呟きながらも、セルレイナには予感があった。

この穏やかな日々はもうじき破壊され、戻らないという予感が。

＊＊＊

「リスティン将軍。閣下。この山を越えれば、あと三日ほどで王都に着きますね」

馬上のレヴィアスに声をかけたのは副官のリーズリーだった。

「……そうだな。一年ぶりの王都だ」

言いながらも、前を向くレヴィアスの視線は厳しいものだった。

レヴィアス・リスティン将軍。軍の最高司令官の一人にしてリスティン公爵家当主。

だが周囲の者はほとんど公爵とは言わない。彼も自分は公爵である前に軍人だと思っているので、公爵と言われるのは好まなかった。そんなものは社交界の席だけで十分だ。

「王都では我々を迎える準備が進められているそうですよ」

リーズリーが少しからかうような口調で言うと、レヴィアスは思わず眉を寄せる。

「大げさなものでなければいいがな」

リーズリーにとっては予想通りの感想だったのだろう、彼はくすりと笑った。

「きっとまた閣下には大勢の女性が付き纏うのでしょうね。何しろ独身に戻ったあなたは結婚相手に飢えた貴族令嬢たちにとってごちそうですから」

「……ぞっとするな」

本人は嫌そうにしているが、それも仕方ないことだろう。

公爵という高い身分を持ち、将軍としての地位もあるレヴィアスを女性が放っておくわけがない。おまけにそれらの地位がなかったとしても彼は非常に魅力的な人物だ。

端整な顔立ちは貴族的で上品でありながら、ひ弱さはまったく感じさせなかった。それどころかやや長めの明るい金髪をきちんと整え、額を露わにした姿は威厳に溢れている。切れ長の目は深い青色で、慣れているリーズリーですら、見つめられると少しそわそわしそうになる。

軍服とフロックコートで覆っているものの、馬上でぴんと張った背中を見れば、がっしりとした、それでいてしなやかな身体であることは明らかで、人々の目を惹きつけてやまない。

性格も貴族的というより軍人らしい礼儀正しさがあり、公明正大だ。自分にも他人にも厳しいが配慮も忘れない。身分で人を見ることも態度を変えることもない。もちろん、鍛え上げられた身体と剣術で誰よりも強い。

彼らにとってレヴィアスは憧れの存在だった。だからこそ彼を煩わせるものが許せなくなるのだ。

リーズリーはレヴィアスの隣に馬を寄せた。

「王都に戻ってもゆっくりできませんね。何しろ一年前の宿題がまだ終わっておりませんから」

声を落とした言葉はレヴィアスにしか聞こえなかっただろう。

「そうだな」と相槌を打つレヴィアスの目が厳しさを増した。薄い唇が微かに動き、音にならない声が漏れる。

密かに彼が呟いた名前は、リーズリーすら聞きとることはできなかった。

第2章　罪の夜と再会

ボードダールはここ三年ほど隣国ベルマンと戦争状態にあった。

元々、国境線のことで揉《も》めて以来、ギクシャクした関係が長らく続いていた両国だったが、距離を保ちながらも友好関係を続けていたはずだった。

ところが三年前、突然ベルマン国がボードダールとの国境に攻めてきた。宣戦布告もなく、本当に突然のことだった。

不意をつかれたボードダールの国境軍は敗走を余儀なくされ、その結果、当時国境に接していた領地が占領されることとなった。

ボードダールの国王は、奪われた領地を奪還するために国境軍を増員して兵を送り込んだ。不意打ちをされなければ軍事力に勝るボードダールの軍が勝つ。そう気楽に考えていた王都の貴族たちは、やがてもたらされた知らせに呆然となった。進軍のルートがベルマン国に漏れていて、待ち伏せされた軍が壊滅したというのだ。

二度の敗戦を経て、ようやく危機感を覚えた国王や重鎮たちは、領地奪還のために地方に展開していた軍を集めて進撃させた。

それなりの犠牲は出したが、結果的には三回目のこの戦いでボードダール軍は勝利し、領地を取り戻した。国境線も元の位置に戻り、戦争は終結したかに見えた。

けれど、それから半年もしないうちにベルマン国が大量の兵を集めているという情報が入る。どうやらベルマン国は諦めておらず、大軍を率いてボードダールに侵攻しようとしているらしい。もしここで負けたら、勢いに乗ったベルマン軍はそのまま王都まで進撃してくる可能性もある。

そこで国王は、こちらも大軍を以てベルマン国の侵攻を食い止めるべしと軍に命じた。軍部は雌雄《しゆう》を決するこの戦いに、不敗を誇るレヴィアス・リステイン将軍を派遣することに決め、四万の兵とともに送り出した。

レヴィアス・リステイン将軍率いるボードダール軍は、国境でベルマン軍を迎え撃ち、これを撃破。この時点で勝敗は決まっていたが、リステイン将軍はそのまま勢いに乗り、ベルマン国へ進撃を開始した。

ボードダール側にしてみたら、やられたことをやり返すのは当然だったが、それに慌てたのがベルマン国だ。彼らは、負けたとしても国境を越えられることはないと高をくっていたようだ。

ベルマン王とその側近は、ボードダール軍が次々に自国領地を落として王都に近づいてくるのを知って、ようやく滅亡の危機にあることを悟ったらしい。和平の使者をボードダール国とリステイン将軍に送った。

リステイン将軍はボードダール国王の命により大軍とともにベルマン国に逗留《とうりゅう》し、ベルマン側との交渉を行い、多額の賠償金といくばくかの領土を得ることに成功する。

諸々の事後処理を終えて、リステイン将軍が兵士とともにボードダールに戻ってきた時には、彼が王都を出立して一年が経っていた。

リステイン将軍の凱旋に、王都中が沸き立っていた。

それは王宮でも同じこと。誰もが浮き立っていて、将軍と彼の部下たちを称える声はあちこちで聞かれた。

レヴィアスをはじめとする軍の将校たちはすでに王宮入りしている。そこでも大きな歓声で迎えられた彼らは、これから大広間での凱旋式に臨もうとしていた。

日の差し込む大広間では、大勢の人々が英雄たちが入ってくるのを待っていた。高い天井に覆われた優美で壮大な大広間は王宮の中でもっとも大きな部屋だが、そこは人でいっぱいだ。駆けつけた貴族や、王宮で働く人々が彼らを迎えるために集まっている。

セルレイナもまた大広間にいたが、誰もが彼らの姿がよく見える前の方へと行きたがるのに対し、彼女は壁際の目立たない柱の陰にいた。

本当は来るつもりではなかった。部屋に籠もって密かに彼の凱旋を祝うつもりだったのだが、どうしても彼の姿をこの目で見たくて、つい来てしまったのだ。

リステイン将軍に怪我がないことはすでに聞き及んでいたが、セルレイナは自分の目で彼の無事を確認したかった。

「リステイン将軍方のご入場です！」

大広間の入り口で、凱旋式の主役の登場を伝える兵士の声がした。すると大広間中がしぃんと静まり返り、正面の大きな扉が開かれる音がやけに大きく響いた。

人々が注目する中、レヴィアスをはじめとする将校たち、それに戦で目覚ましい活躍をした兵士たちが入場し、玉座までまっすぐ敷かれた赤い絨毯の上をゆっくりと歩いていく。

広間のあちこちから歓声が上がり、拍手が沸き起こる。

壁際のセルレイナの位置からはレヴィアスらの姿はまったく見えない。

彼らをよく見ようと爪先立ちになる人たちの様子で、彼らの位置がなんとなく分かるくらいだ。


ほんの少しでもいいから見えないものかと数歩前に出て目を凝らした時に、奇跡が起こった。ちょうどセルレイナの視線の先にいた人たちの頭の隙間から、歩いていくレヴィアスの横顔が見えたのだ。

彼は王宮に入って一度着替えたのだろう。儀礼用の軍服を身に着けている。いつもより派手なデザインだが、それにまったく負けておらず、堂々としている。

レヴィアスの姿はすぐにまた見えなくなったがセルレイナは満足だった。

——ああ。よかった。ご無事で……本当によかった。

ナディーンに去られ、傷心のまま戦地に赴《おもむ》いたレヴィアスを、セルレイナはずっと心配していた。最後に会った時の彼は、酷く酒に溺《おぼ》れていたからだ。

玉座のすぐそばまで行ったレヴィアスたちは、手を胸に当てて頭を下げた。軍隊式の礼だ。

「国王陛下、並びに王妃陛下。ただ今戻りました」

大広間にレヴィアスの声が響く。姿こそ見えなかったが、セルレイナはその声を聞くだ

けで胸が疼《うず》くのを感じた。

——あの感情を抑えたような声、間違いなくお義兄様の声だわ。

「面《おもて》を上げよ、リスティン将軍。そして我が国を救った英雄たちよ」

国王の朗々とした声が大広間に響いた。

「この度の国難、そなたたちのおかげで防ぐことができた。礼を言う。長きにわたり、本当にご苦労だった」

「勿体ないお言葉でございます」

「皆の者、英雄たちに心からの感謝と拍手を」

国王が言うと、大きな歓声と拍手が沸き上がった。

それらが収まりかけた頃を見計らい、国王が手を上げて制すと、ぴたりと音がやむ。

「そなたたちの功績は誰もが知るところだ。何でも好きなものを褒美《ほうび》としてとらそう。リスティン将軍、何か望むものがあれば遠慮なく申すがいい」

元々身分も公爵という最上級の地位にあるレヴィアスだ。そのレヴィアスが何を望むか、皆が興味津々の様子で耳を澄ます。ところが、レヴィアスは意外なことを口にした。

「軍人として当たり前のことをしただけですので、私個人への褒美は無用でございます、陛下。ただ一つ望むものを挙げるとするならば、この度の戦で大怪我をした者や亡くなった兵士たちの遺族に手厚い保護を与えていただきたいと思います。彼らのおかげでこの国は守られ、私たちもこうして無事に戻ってこられたのですから」

レヴィアスの答えに人々はどよめき、彼と付き合いの長い国王は苦笑を浮かべた。

「はは、お前は相変わらず無欲よな。心配するな。この度の戦いだけではなく先の戦いで負傷した兵士や、命を散らしていった兵士たちにも十分に褒賞《ほうしょう》を出すつもりだ。約束しよう」

「ありがたき幸せ」

集まった人たちはざわついていたが、その声のほとんどがレヴィアスを称賛するものだった。

「何と高潔な」

「自分よりも部下たちのことを優先されるとは……」

「さすが、素晴らしいお方だわ」

セルレイナはそれを聞いて誇らしい気持ちになった。

――そうよ、お義兄様はとても素晴らしい方よ。厳しいように見えて、本当はとてもお優しい方なの。

けれど誇らしい気持ちはすぐに消し飛んだ。いつもの悪口が聞こえてきたからだ。

「あんな素晴らしい方を捨てて男と逃げるだなんて、ナディーン嬢は一体何を考えていたのか」

「まったくですわ。あの方に見初められながらあんな仕打ちをするなんて。ブロードア伯爵は一体どんな教育をなさっていたのかしら？」

「あら、あの方は社交界デビューをしてからというもの、男を侍らせていて慎《つつし》みなど元々なかったわ。既婚男性にも色目を使っていたという話よ。私はあの女性がしでかしたことに、少しも驚いていないわ」

セルレイナはいたたまれなくなってそっとその場を離れると、使用人が通る小さな扉を通って大広間から遠ざかった。

大広間を出たセルレイナは足早に廊下を進み、中庭のある回廊まで出て、ようやく足を止めた。

「……」

唇を噛みしめて、乱れる心と溢れそうになる感情を抑える。

噂話をしていた彼らはすぐそばにブロードア伯爵家の者がいるとは夢にも思っていな

かったに違いない。面と向かって言われたわけでないのは分かっているが、彼らの言葉はセルレイナには堪えた。

——あれほど素晴らしいお義兄様に、お姉様はどうしてあんな仕打ちができたの……？

それを一番尋ねたいと思っているのはセルレイナだ。けれど、セルレイナにナディーンを責める資格はない。自分だってレヴィアスの弱みに付け込んだのだから。

ナディーンがあの時すでに駆け落ちしていたことも、その後すぐに離婚が成立したことも関係ない。

あの時、レヴィアスはまだナディーンの夫であり、セルレイナにとって義兄だったのだから。

——本当に罪深いのは私だわ……。お姉様の夫になる人だと分かっていながら、好きになってしまった私が……。

セルレイナが初めてレヴィアスと出会ったのは、ナディーンの家族に挨拶をするために彼がブロードア伯爵邸を訪れた時だった。どんな人なのか、当時、会う前からセルレイナはドキドキしていたものだ。

社交界デビュー前で貴族夫人の催すお茶会にもあまり出席しないセルレイナでも、レヴィアスの噂くらいは知っていた。

公爵家の跡取りでありながら、早々に軍に入り、めきめきと頭角を現して若くして将軍の位についたこと。真面目で誠実で、高潔で、他人にも厳しい性格だが、部下に慕われていること。従兄に当たる国王からの信頼も厚いこと。多くの貴族女性が彼を狙っていたことなど。

その彼がナディーンを伴侶に選び、ブロードア伯爵家と親類になるのだ。セルレイナでなくともドキドキしていただろう。

『あなたがナディーンの妹か。私はレヴィアス・リスティンだ』

現れたレヴィアスは噂以上に精悍《せいかん》で、妙に迫力のある男性だった。

『は、はい。初めましてリスティン公爵様。私はナディーンの妹のセルレイナと申します』

この日のために練習した淑女の礼《カーテシー》をして挨拶をすると、レヴィアスの口元に微笑みが浮かんだ。

『楽にしてもらえないか、セルレイナ嬢。それと私のことはレヴィアスでいい。これから私たちは親戚になるのだから』

『は、はい』

ついその笑顔に見とれてぼうっとしてしまったからだろう。隣にいた父親がずいっと前に出て言った。

『ああ、申し訳ありません、公爵様。セルレイナがとんだ不作法を。この子はナディーンと違い、社交的でなく、いつも本ばかりを読んでいる変わった子でして。その点ナディーンは器量もよくて――』

　父親が客人相手にセルレイナを引き合いに出してナディーンを褒めるのはいつものことだった。だからセルレイナも慣れていたのだが、初めて顔を合わせた義兄になる人の前で貶《おとし》められて傷つかないわけではない。周囲に分からないようにぐっと拳を握って父親の言葉に耐えていると、レヴィアスはさらに笑みを深めた。

『セルレイナ嬢は本がお好きなのですね。私もですよ。本は自分の知らない世界のことを教えてくれますからね』

　セルレイナを肯定する意見を述べるレヴィアスに、父親は鼻白んだ。

『い、いえ、でもセルレイナは女ですよ。男が読むのはともかく、女のセルレイナが学問を身につけても意味がないではありませんか』

『最近、王宮でも女性の士官が多くなっていますよ。彼女たちは総じて優秀で、むしろ男よりも勤勉ですね。女性ももっと学ぶべきだと王妃様もおっしゃって、啓蒙《けいもう》活動をなさっています』

レヴィアスは父親の「女性に学問など必要ない」という意見をばっさりと切り捨てた。それはセルレイナにとって、姉のナディーン以外で初めて、本を読むことを肯定してもらった瞬間だった。

とても優しくて思いやりがある人だということを、セルレイナは知った。義兄になる人への淡い想いが生まれたのもきっとこの時だったのだろう。

『レヴィアス様。セルレイナはとても語学が堪能なんですのよ。私なんか外国語はさっぱりだというのに』

ナディーンがさりげなく妹への助け船を出すと、レヴィアスは頷《うなず》いた。

『語学か。リステイン公爵家の蔵書にもいくつか外国の言語に関する本がある。今度お貸ししよう』

その言葉の通り、翌日にはセルレイナ宛てにリステイン公爵家の紋章が入った、見たこともないような立派な本が何冊も届いた。

その後も、彼はブロードア伯爵邸に来るたびにセルレイナに声をかけてくれた。

『王立図書館の司書になりたい？　セルレイナ嬢にはぴったりだな。けれど、王立図書館の司書は募集する数が少ないし競争率も高い。幅広い知識を持つために、語学だけではなくもっと色々な本を読んだ方がいい』

レヴィアスはセルレイナの夢を笑ったりしなかった。それどころか応援してくれた。

……好きにならずにはいられなかった。彼の姿を見るだけでドキドキし、声をかけられるたびに天にも昇るような気持ちになった。

遅めの社交界デビューの場では気おくれするセルレイナを誘い、一緒に踊ってくれた。彼が踊ってくれたからこそ、セルレイナは壁の花にならずにすんだのだ。

――あの方は私がお姉様の妹だから優しくしてくださっているだけなのに。

そう自分を戒めても想いを止めることはできなかった。他の人に目を向けるべきだと思って社交を頑張ってみても、目の前にいるのがレヴィアスだったらいいのにと考えてしまい、かえって彼への想いを募らせるだけに終わった。

二人の結婚式も、嬉しいのに悲しくて、辛くて、作り笑いを浮かべているだけで精一杯だった。

――お姉様の夫で、義兄なのに。好きになってはいけない相手なのに。

結婚後もナディーンは頻繁に実家に顔を出したので、彼女を迎えにくるレヴィアスとも顔を合わせる機会が多かった。どんどん辛くなって、どんどん苦しくなって、いっそもう会わない方がいいのではと思っていた矢先、ナディーンが駆け落ちした。

最初、両親はナディーンが出て行ってしまったというセルレイナの話を軽く考えていた。

きっと夫婦喧嘩でもしたのだろう、出て行くフリをして王都のどこかにいるに違いないと。

けれど、ナディーンが男と一緒に港にいたという情報が入って、ただの出奔ではなく駆け落ちだということが判明して、ようやく二人は事の重大さに気づいたらしい。父親はナディーンを連れ戻すため方々に連絡を取り、母親はヒステリックに騒いだ後、寝込んでしまった。

一方、セルレイナも衝撃を受けていた。出て行く時の様子から、ナディーンが本気で出て行くつもりだったのは感じ取れていたが、男性と一緒だとは夢にも思っていなかったのだ。

ナディーンが駆け落ちしたと知らされて、最初に心配したのはレヴィアスのことだった。いや、レヴィアスのことしか考えられなかったと言ってもいい。

彼はどうしているのだろう。あの人はどれほど衝撃を受けたことだろう。明後日には出陣しなければならないのに、大丈夫なのかと思い、いても立ってもいられなかった。

そこで、日が落ちていたにもかかわらず、屋敷を抜け出してレヴィアスの屋敷に向かった。

……この時、自分が何を思ってそんな衝動的な行動を取ったのか、セルレイナはよく覚えていない。とにかく会わなければと感じたのだ。会って、姉を止められなかったことを詫《わ》び、自分にできることをしなければと。

レヴィアスの屋敷に到着すると、彼の執事であるゼインという初老の男性がセルレイナに応対した。

「旦那様は誰ともお会いになりません。お帰りくださいませ、セルレイナ様」

「でも、私はあの方に会ってどうしてもお詫びをしなければならないのです！」

普段、セルレイナは家の使用人に対しても、ましてや他家の使用人に対してこれほど強い口調で迫ったことはない。けれど、この時のセルレイナは必死だった。とにかく彼に会わなければならないと思っていた。

しばらく思案していたゼインは、やがて小さなため息をとともに玄関の扉を開けてセルレイナを屋敷の中に招いた。

「……これは越権《えっけん》行為ではありますが、もしかしたらあなた様であれば旦那様のお心を鎮めることができるかもしれません」

「お心を鎮める……？」

「見ていただければお分かりになるかと」

そう言ってゼインはセルレイナをレヴィアスの部屋に案内する。これまでこの屋敷には数回入ったことがあるが、当主であるレヴィアスの部屋に入るのは初めてだ。

ゼインは二階の奥にある大きな扉の前で足を止めた。位置的にいってここがこの屋敷の当主の部屋だろう。

「旦那様、失礼します。お客様がいらしております」

扉を叩いたゼインは中から返事がないうちに扉を開けて、勝手に足を踏み入れる。いいのだろうかと恐る恐るゼインに続いて部屋に入ったセルレイナは目を見開いた。

レヴィアスはシャツの襟を大きく開け、しどけない姿で長椅子に腰を下ろしていた。けれどセルレイナが驚いたのはレヴィアスの乱れた服装にではなく、ソファの前のテーブルにいくつものワインや麦酒の瓶《びん》が置かれていたことだ。よく見ればその手にもワイングラスが握られている。

──あのお義兄様がこんなふうにお酒に溺れるなんて……。

セルレイナは衝撃を受けた。レヴィアスは普段たしなむ程度しか酒を口にしない。何かあった時すぐ対応できるように酔わないようにしていると、いつか本人が言っていた。なのに……。

──ああ、お酒に逃げるほど、お義兄様はお姉様を愛していらしたんだわ。

「……誰とも会う気はないと言っただろう」

レヴィアスはこちらをまったく見ずに言うと、ワイングラスをぐいっと呷《あお》った。

「レディの前ですよ、旦那様」

ゼインはやんわり言うと、レヴィアスはムッとしたように口を引き結んで振り向いた。そこでようやくゼインの後ろにいるセルレイナに気づいたのだろう。目を見開く。

「……なぜ君が……」

「旦那様のことが心配でご様子を見にいらしたのですよ」

セルレイナの代わりに答えると、ゼインは彼女に小声で囁《ささや》いた。

「それでは私は席を外します。申し訳ありませんが、旦那様がこれ以上お酒を飲まないように説得してくださると、とても助かります」

「え……？」

戸惑うセルレイナに励ますような笑みを向けると、ゼインは踵《きびす》を返してスタスタと退室してしまった。

いきなり二人きりにされたセルレイナは困っていた。

――つい気になって、勢いで屋敷まで来てしまったけれど、一体何と言えばいいのだろうか。

「はぁ……」

けだるそうにため息をついてから、レヴィアスが口を開く。

「……それで、君は一体何の用があって来たのかな？　私は今君の相手ができるような気分ではない。今すぐ帰りなさい」

「あ、あの、お義兄様。私、お義兄様に謝らなければなりません」

必死に頭を働かせて、かろうじて出てきたのがこんな言葉だった。

「謝る？　君が私に？」

「は、はい。お姉様と最後に言葉を交わしたのは私だったのです。でも、出て行くお姉様を止めることができなくて……申し訳ありません」

セルレイナが深々と頭を下げると、沈黙が広がった。ややあって、ため息交じりの声が聞こえた。

「そんなことか……。君が謝ることなど何もない。ナディーンが君の説得に応じて出て行くのをやめたとは思えないからな。誰のせいかと言えば、ナディーンのせいであって、君は無関係だ」

無関係。その言葉がセルレイナの胸に突き刺さった。

確かにセルレイナは無関係の人間だ。けれど……。

「でも……」

と反論するために顔を上げたセルレイナは目を見張る。レヴィアスが空になったグラスにワインを注いでいたからだ。

　セルレイナは慌ててレヴィアスのいる長椅子まで駆け寄ると、口に運ぼうとしているその腕を摑んで止めた。

「だめです。お義兄様。これ以上飲んでは身体に毒です。明後日出立されるのでしょう？　大事な任務に差し障《さわ》りが……」

　言葉が途中で止まる。レヴィアスが自分の腕を摑んでいるセルレイナの手をじっと見下ろしていたからだ。セルレイナは焦って手を放しながら言った。

「生意気なことを言ってすみません。でも私はお義兄様のお身体が心配で……」

「……前後不覚になるほど飲むつもりはない。ただの憂《う》さ晴らしだ。こうでもしないと怒りを散らすことができないからな」

「ご、ごめんなさい、お姉様のせいで……」

「だから、君が謝る必要などない」

「でも……」

　彼がこうなったのは姉のせいだ。そしてナディーンの駆け落ちを止められなかったセルレイナのせいでもある。とても放っておくことなどできなかった。

「私やお姉様をどんなに憎んでも構いません。でもお酒に溺れるのだけはだめです」

はぁ、とレヴィアスは再びため息をついた。

「……別に溺れてはいない。だが、判断力がやや鈍《にぶ》っているのは確かだ。そんな男と二人きりでいてはいけない。この部屋を出るんだ」

「お、お義兄様がこれ以上お酒を飲まないと約束してくださるなら、帰ります」

「セルレイナ。……もう一度言う、今すぐここから立ち去りなさい。今の私は怒りで自分を抑えられなくなっている。このままだと私は何をするか分からない」

「か、構いません。お義兄様が心配なのです。私にできることがあればさせてください。何でもします」

この時、セルレイナはレヴィアスに怒りをぶつけられ、ナディーンの代わりに叩かれても構わないという覚悟だった。

「……君は何も分かっていない。私が言っているのは……」

不意に言葉を切り、何を思ったのかレヴィアスはじっとセルレイナを見つめた。

「何でもすると言ったな？」

「はい。それで少しでもお義兄様の気持ちが晴れるのであれば」

「ならば……君のそのみずみずしい身体で私を慰《なぐさ》めてくれるのか？　妻に去られた惨めな男の肉欲を君の身体で解消させてくれるとでも？」

青い目が意味ありげにセルレイナの膨《ふく》らんだドレスの胸に注がれる。彼の青い目に、情欲の炎が燃えていた。そこでようやく、レヴィアスの言っている意味を理解する。

「お義兄様……？」

セルレイナは、清廉潔白なレヴィアスとは思えないような言葉に衝撃を受けた。けれど、セルレイナは動けなかった。彼女はレヴィアスにどうしようもなく恋をしていたのだ。

――お義兄様が私を欲しがっている。この私を。お姉様ではなく。

ごくりと唾《つば》を呑み込む。

今が愛おしい人に抱いてもらえる唯一のチャンスだと、心の中で悪魔が囁いた気がした。

カサカサに乾いた唇を舌で湿らせると、セルレイナはレヴィアスを見上げながら言った。

「そ、それでお義兄様の気がすむのであれば、私の身体なんていくらでも使って構いません。だからもうこれ以上自分を傷つけないで」

どこにそんな勇気があったのか、セルレイナはシャツの胸元から覗くレヴィアスの素肌に手のひらを当てた。

次の瞬間、レヴィアスの目の色が一気に濃くなった。皮肉気な笑みを浮かべると、レヴィアスはテーブルにグラスを置き、その手をそのままセルレイナに伸ばした。

「そうとも。君のせいだ。私が私でいられなくなってしまったのは。ならば君には責任を取って私のいるところまで堕《お》ちてもらう。私という人間を心と身体に刻み込み、煉獄《れんごく》の炎に焼かれ続けるがいい」

「あっ……」

腕を摑まれて、ぐいっと引き寄せられる。次の瞬間、くるりと身体を入れ替えられて、セルレイナは長椅子に押し倒されていた。

「お、お義兄様……」

レヴィアスの重みを感じてセルレイナの息が乱れる。

「バカな子だ。帰れと言ったのに。それとも最初からこうなるつもりだったのか？　こんな無防備な服を着て」

胸元をすっと撫《な》でられて、ようやくセルレイナは自分がシュミーズドレスのままだったことを思い出す。レヴィアスのもとに来ることに夢中で外出用のドレスに着替えもせず、そのままで来てしまったのだ。

「ち、違……」

セルレイナはふるふると首を横に振るが、レヴィアスは構わずに、セルレイナの呼吸に合わせて上下する胸の膨らみを服越しに鷲摑《わしづか》みにした。

「あっ……」

「コルセットもしないで、まるで脱がせてくれと言わんばかりじゃないか」

　節くれ立った大きな手がセルレイナの胸を揉む。乱暴な言葉とは裏腹に、摑まれる痛みはなく、その手つきはとても優しいものだった。

「ん……」

　触れられているのは胸なのに、下腹部にツキンと甘い痛みが走って、セルレイナは鼻にかかったような声を漏らした。

「……敏感なんだな。その声、すごくいい」

　そう言いながら、レヴィアスはセルレイナに覆い被さるようにして唇を奪った。アルコールの香りがセルレイナの鼻腔をくすぐる。

「んぅ……」

　とっさのことに驚いて開いた口の端《はし》から、レヴィアスの舌が潜り込んでくる。キスと言えば頬か、もしくは唇を合わせるだけのものとばかり思っていたセルレイナは慌てて口を閉じようとしたが遅かった。口は薄い唇に塞《ふさ》がれ、おろおろとする舌がレヴィアスの舌に捕らわれる。舌が絡み合い、ざらざらした舌先で根元を擦られて、ゾクゾクとしたものが背筋を走った。

「ふぅ……ん、ん、う……っふ、ぁ……」

　口腔を舌で弄《いじ》られているうちにセルレイナは次第に頭がぼうっとしてくるのを感じた。たまらなくなって手を伸ばし、レヴィアスのシャツを摑む。その際、彼の熱を帯びた素肌に触れてしまったようで、ますますキスが深くなった。

「んぅ、んっ……ふ、ぁ、んんっ」

　どちらのものかも分からない唾液が、合わさった唇の端から零れていく。セルレイナはそれすら知覚できないまま、レヴィアスのキスに溺れた。

　深いキスをしながらレヴィアスが彼女のシュミーズドレスのボタンを外したことも、彼女の身体からはぎ取っていくことにも気づいていなかった。

　銀色の糸を引きながらレヴィアスの顔が離れてようやく、セルレイナは己がシュミーズドレスを脱がされて、下着姿になっていることに気づく。

「あっ……」

　レヴィアスの手がさらにシュミーズの肩ひもを引き下ろそうとしているのを見て、セルレイナは慌てて両手で胸を隠した。

「隠すのはだめだ。ほら、手を上げて。君のすべてを私に見せてくれ」

「あっ……」

　胸を隠していた手があっさりと捕らわれる。狼狽《うろた》えているうちに、白いシュミーズが腰まで下げられ、セルレイナの白い膨らみが露わになった。さらにレヴィアスは片手でセルレイナの両手を頭上で固定して、彼女の恥じらいからくるささやかな抵抗を封じてしまった。

「綺麗だ……想像していた通りだ」

掠《かす》れた声がレヴィアスの口から零れる。

——想像していたって……？

だが、レヴィアスの言葉を深く考えている余裕はなかった。胸の膨らみを下から掬《すく》い上げるように揉まれたからだ。

「んっ……はっ、んんっ」

さらに胸の先端をきゅっと指で摘まれて、セルレイナの濡れた唇から喘《あえ》ぎ声が漏れた。

「ほら、ごらん。もうここは色が濃くなって立ち上がってきている」

レヴィアスの指が赤く色づいた先端を捏ねまわす。すると、そこがじくじくと熱を持ち、下腹部がきゅんと疼いた。

「んっ、や、なんか、変に……」

「変になっていい。何も考えなくていい、ただ感じるんだ。私の手の中で自分がどうなっていくのかを」

頭を下げたレヴィアスは、手で摑んでいるのとは反対の胸の先端をぱくりと口に含んだ。

「っ、お、お義兄様……んっ、あっ……」

片方の胸への刺激ですっかり立ち上がっていた膨らみの先端が、歯と舌に捕らえられて転がされる。

手とはまた違った刺激にセルレイナの腰がびくんと跳ねた。じわりと下腹部から何かが染み出すのを感じてセルレイナは慌てた。

――まさか、粗相《そそう》を……？

「あ、っん、ま、待ってお義兄様、脚の間が変に……」

胸から顔を上げたレヴィアスは、セルレイナが足をもじもじさせているのに気づき、にやりと笑った。

「脚の間……？」

「ああ、変になりそうだって？　だったら私が見てあげよう」

胸を摑んでいた手を下に滑らせて、ドロワーズの中に差し込んだ。

「あっ……！」

ドロワーズの中に滑り込んだレヴィアスの手は両脚の付け根にたどり着き、セルレイナが粗相をしたと思った場所に触れる。ぬるりと指が滑る感触がした。

「ひっ……」

レヴィアスは指でセルレイナの花弁をゆっくり撫でながら笑った。

「大丈夫だ。これは粗相をしたんじゃない。君の中が私を迎えるための準備を整えているんだ。ここから溢れる蜜は君の身体が気持ちいいと言っている証拠……みたいなものだな」

──これが、気持ちいいということ？　だから濡れるの？

本来は膣を保護するために分泌されるものだったが、性に疎《うと》いセルレイナはそのまま信じてしまった。

レヴィアスはドロワーズから手を引き抜くと、セルレイナの身体から出た愛液に濡れた手をぺろりと舐《な》めた。

淫靡《いんび》な仕草にぞくりとセルレイナの背筋が震える。すると胎内からじわりと蜜が染み出してくるのを感じた。

「もうこれも取ってしまおうか」

言いながら、レヴィアスはセルレイナの両手を放し、その手でドロワーズをはぎ取っていった。セルレイナは抵抗せず、レヴィアスによって変化していく自分の身体を呆然と見つめていた。

寒い時でないと硬くならない乳首はすっかり立ち上がり、熱を持ち、赤く色づいている。両脚の付け根は自分から染み出した愛液で濡れていた。

セルレイナと同じものを見たレヴィアスは淫靡に笑う。

「さぁ、もっと君を味わわせてくれ」

レヴィアスはセルレイナの脚の付け根に指を這わせると、具合を確かめるように入り口でしばらく浅く掻き回す。

「入れるぞ」

その声とともに指がつぷんと蜜口に押し込まれた。

「んんっ……」

慣れない感触にびくんとセルレイナの腰が揺れる。

「痛いか？」

セルレイナはふるふると首を横に振る。正直に言えば痛みはあった。けれど、それよりも異物感の方が激しい。今まで自分の指すら受け入れたことがなかった場所で蠢《うごめ》く指の感触は、セルレイナにとっては違和感でしかなかった。

慎重に差し入れられた指が探るように動き始める。その頃には痛みも異物感も薄れていたが、気持ちいいとは感じられなかった。

けれど、中で探っていたレヴィアスの指がお腹側のある一点を掠めた時に、セルレイナの感覚は劇的に変わった。

「あんっ……」

びくんと腰が跳ねる。長椅子の上でセルレイナの爪先が丸まった。その反応を見てレヴィアスが同じ場所を再び探ると、先ほどと同じ反応が起こった。

「あっ、やっ」

どういうわけかそこを触られると、身体が反応してしまうようだった。レヴィアスの指がそこに触れるたび、陸にあげられた魚のようにビクンビクンと動いてしまう。

「あっ、ああっ、そこ、だめですっ……!」

「だめじゃないだろう？　ほら奥からどんどん蜜が溢れてきて君の身体が気持ちいいと言っているじゃないか」

その通りだった。さっきからドプンと蜜が溢れてきて止まらなくなっている。滑りのよくなった蜜口では、レヴィアスが指を出し入れするたびにじゅぶじゅぶといやらしい水音が大きくなってきていた。

「そろそろ指を増やすぞ。初めは痛いだろうがすぐに慣れる。これだけ濡れているんだからな」

差し入れられる指が二本になった。最初は引きつれたような痛みがあったが、レヴィアスの言う通りにすぐに慣れて、苦も無く受け入れていく。

指がさらに増やされて三本になったが、その頃には頭を下げたレヴィアスの舌が再び乳房を責めるようになっていて、同時に与えられる快感に、セルレイナは身体の奥底から何かが蠢き始めているのを感じていた。

じゅぶじゅぶと出入りする指が声を上げずにいられない部分を掠めるたびに、疼く胸の先端をきつく吸われて歯で転がされるたびに、セルレイナの中の何かがどんどん膨れ上がっていく。

「あっ、んっ、あ、は、ぁっ」

――ああ、これは、一体何なの……？

朦朧《もうろう》とする頭の中で膨れ上がってくるものの正体を摑もうとしたが、何も考えられなくなっていた。

中でバラバラに動く指がセルレイナを次第に追い詰めていく。じゅぼじゅぼと出し入れされるたびに立つ粘着質な音がセルレイナの耳を犯していった。

頭を上げたレヴィアスの口元が弧を描く。彼はセルレイナの耳に舌を差し込みながら囁いた。

「セルレイナ、イキそうなんだな。ああ、いいとも、私の腕の中でイクがいい」

耳に侵入した舌がゾクゾクした感覚をさらに煽《あお》る。蜜口に差し込まれた指とはまた別の指が茂《しげ》みをかき分け、花弁の上にある敏感な花芯を捕らえた。

「あっ、あっ……！」

すっかり充血した蕾《つぼみ》を男のごつごつした指が摘まんでは擦る。セルレイナの中で溢れそうだったものが一気に上昇して、決壊した。

「あ、あっ、ああああああ！」

腰をびくんびくんと震わせ甲高い悲鳴を上げながら、セルレイナは絶頂に達した。

「あっ……あ、ん……ん、あ……」

荒いセルレイナの息がレヴィアスの部屋に響く。喘ぎ声を漏らしながら天井をぼうっと見上げていたセルレイナは、レヴィアスの表情にハッとなった。

……なぜか、レヴィアスは苦しそうな表情だった。

「お……義兄さ、ま？」

「だめだ、何をしている……。こんなことはしてはいけない。私の身勝手な思いに君を巻き込んではいけないんだ。セルレイナ、私を突き飛ばせ。拒否しろ。でないと私は……」

セルレイナは目を見開いた。

――ああ、この期《ご》に及んでまだこの人は私を逃がそうとしている。

「セルレイナ、私を拒絶しろ。頼む……！　今ならまだ止められる」

だが、セルレイナはやめて欲しくなかった。

身体はずきずきと欲望に疼き、充足の時を待っている。

――この美しくて、気高い獣《けもの》のような人を手に入れたい。

それはセルレイナの胸の奥底に隠された願望……いや、欲望だった。

――お義兄様に抱かれたい……！　愛されたい……！

もしこの時、セルレイナが生まれて初めての絶頂に達した後でなければ。いや、少しでも我に返っていれば決して言わなかっただろう。

けれど、この時のセルレイナは本能の命ずるままに自分の良心を裏切る言葉を吐いてしまう。……なぜならそれが彼女の本心だったから。

「お義兄様」

セルレイナはレヴィアスの素肌に手で触れながら微笑んだ。本人は意識していなかったが、この時うっすらと汗を纏ったセルレイナの恍惚《こうこつ》とした表情は淫らでとても美しかった。

「私をお姉様だと思って酷く抱いてくださってもいいのです。私は今、あなたの心と身体を慰めるためだけにいる女ですから」

「く、そっ」

その言葉が引き金になったのだろうか。レヴィアスは歯を食いしばると、セルレイナの両脚を掬い上げた。

そして性急にトラウザーズの前を寛がせて、猛《たけ》った肉槍を取り出し、セルレイナのしとどに濡れた両脚の付け根に押し当てる。

「忘れるな。私たちは共犯者だ。逃げることは許さない。決して」

唸るように言うと、レヴィアスはセルレイナの腰を引き寄せながら自らの腰を突き出して、彼女の隘路を貫いた。

「あっ、ああ！」

強烈な痛みと異物感がセルレイナを襲う。ずぶずぶと音を立てて蜜口の中に入り込んだ怒張が隘路を押し開きながら進んでいく。

痛みのせいで硬直する身体の中心が、箍《たが》の外れた男の楔《くさび》によって無遠慮に征服されていく。

「あ、ああっ」

痛みをこらえるために、セルレイナは唇を噛みしめ、長椅子の背もたれの縁をぎゅっと摑んだ。

痛いけれど、レヴィアスの一部が自分の中に入り込んでいると考えるだけで胸がいっぱいになる。

途中で儚《はかな》い抵抗を感じたが、レヴィアスは構わず肉槍をセルレイナの胎内に押し進めた。

セルレイナはその瞬間、何かが引きつれて破裂したかのような音を聞いた気がした。

やがてセルレイナの臀部《でんぶ》とレヴィアスの腰がぴったりと重なる。

「全部入ったぞ。よく我慢したな」

「入った……？」

――ああ、もう私は純潔ではないのだわ。

一抹《いちまつ》の寂しさが過るが、この時のセルレイナは喜びの方が大きかった。

「お義兄様……」

セルレイナは震えるような吐息を漏らす。痛みは依然としてあったが、レヴィアスがじっとしてくれているおかげで、セルレイナの膣は彼の大きさに少しずつ馴染《なじ》みつつあった。

だがレヴィアスはこらえきれなくなったのか、やがて少しずつ腰を動かし始めた。

「あ、ん、お義兄、様……」

その動きはたちまち速く、深いものになる。

「んっ、あっ、お義兄様ぁ……！」

最初は痛みだけだったセルレイナも、しばらくすると痛みの合間に別の感覚を覚え始めていた。

楔を奥まで埋めたまま腰を回されて、胎内を掻き回される感触に声が漏れる。

「あっ、あっ、お義兄様、お義兄様」

「私は君の兄ではない。私の名前を呼べ！　名前を！」

歯を食いしばりながらレヴィアスは腰を強く打ちつける。

「あっ、レヴィアス、様、レヴィアス様っ……」

朦朧としながら、セルレイナがレヴィアスの名前を呼ぶと、レヴィアスの腰の動きは一層激しくなった。

純潔を失ったばかりの女性に対してあまりに激しすぎる動きだった。けれどセルレイナは構わなかった。

彼女の身体は激しいレヴィアスの責めも柔軟に受け止めて、幸福感へと変化させる。

──幸せだわ……。

太い部分で中の粘膜《ねんまく》が擦れるたびに、悦楽がセルレイナの華奢な身体を震わせる。そのくせ彼女の媚肉はレヴィアスの肉茎に絡みついて放そうとしない。

「あっ、はぁ、んっ、あ、はぁ、んんっ」

　レヴィアスの動きとともに長椅子がギシギシと軋みをあげた。その音に合わせてパンパンと肉のぶつかる音が響き、セルレイナの薄紅色の唇から零れる嬌声と絡み合って一つの音になる。

　──ああ、今、私はレヴィアス様と一つになっているのだわ。

　子宮から湧き上がる悦《よろこ》びに、セルレイナはたまらず、レヴィアスの背中に手を回してぎゅっとしがみついた。すると一層繋がりが深くなり、セルレイナを法楽の渦《うず》へと放り込む。

「ああ、ああ、レヴィアス様っ……キス、お願い、キスを……」

　懇願すると、すぐさま覆い被さったレヴィアスの唇がセルレイナの口を塞いだ。その間もセルレイナを責める腰の動きは止まらない。

　唇を合わせたまま二人は長椅子の上で欲望のダンスを踊る。

「んんっ、ん、ふ、ぁ、ん、ふ」

　セルレイナはもっと深く繋がるために足をレヴィアスの腰に巻きつけた。それは彼女にしてみれば本能の動きだったが、より一層レヴィアスを煽ったようで、胎内で屹立が一層嵩《かさ》を増した。

すでに痛みは感じていなかった。太い部分で最奥の感じる部分を擦られ突き上げられ、ただただ快感だけがセルレイナを支配する。

すでにナディーンのことも、許されない関係だという事実も、頭の中から抜け落ちていた。今のセルレイナは貞淑も道徳観念もすべて忘れて、欲望を貪《むさぼ》るただの雌に過ぎない。

「んんっ、あ、ふぅ、んっ、ンン」

「はぁ、はぁ……」

互いの息遣いが激しくなる。

パンパンに膨れ上がったレヴィアスの屹立が、セルレイナの中で限界を迎えようとしていた。セルレイナは再び快楽の波がせり上がってくるのを感じて、手足をしっかりとレヴィアスに絡ませる。

「あっ、また、ッ……」

媚肉がびくびくと蠢き、肉棒に絡みついて絞り上げる。とうとうレヴィアスにも我慢の限界が来た。

「くっ……！」

歯を食いしばり、より深くセルレイナの奥に自分を埋めると、セルレイナを強く抱きしめたまま熱い飛沫を放つ。

「あ、ああああ！」

下りてきた子宮を焼く熱に、再び絶頂に達したセルレイナは甘い悲鳴を上げながら果てた。

「あ、あ、あ、ん、ンン……」

じわりと胎内に広がる白濁の感触にセルレイナは陶然《とうぜん》となる。レヴィアスは腰を何度か振り、すべての子種をセルレイナの中に注ぎ込むと、ぐったりとした様子で長椅子に沈みこんだ。セルレイナは重い彼の身体を受け止めながら余韻《よいん》に浸《ひた》る。

――ああ、私の中にお義兄様の子種が……。

多幸感が押し寄せてきて、セルレイナはうっとりと微笑んだ。

「セルレイナ……」

しばらくして、ようやく顔を上げたレヴィアスは、そのセルレイナの顔を見てさらに欲望を募らせたらしい。深いキスをして、彼女の耳元で囁いた。

「足りない。もっと君が欲しい」

セルレイナの口元が綻んだ。

「はい、レヴィアス様。あなたが望むだけ」

……後から考えれば、この時点でセルレイナもレヴィアスも正気に戻るべきだったのだろう。けれど二人は互いの官能を刺激し合い、我に返るチャンスを与えなかった。

レヴィアスはセルレイナをベッドに連れて行き、もつれ合うように抱き合った。性器を繋ぎ合わせ、互いを激しく貪った。

朦朧となりながらもレヴィアスが求めるまま身体を差し出し、何度も胎内に白濁を受け止めた。

それはセルレイナが気絶するまで続いた。

身体を繋げている時だけは、二人の間に背徳も隔たりもなかった。ただ、己の欲望のまま振る舞うだけだった。


けれど翌朝、レヴィアスの腕の中で目を覚ましたセルレイナを襲ったのは幸福感ではなく、激しい罪悪感だった。

——ああ、私はなんということをしてしまったの……！

先に裏切ったのがナディーンだったとしても、この時すでに彼女が夫を捨てて駆け落ちしていたとしても、レヴィアスは紛れもなく姉の夫だった。それなのに、セルレイナは熱に浮かされて彼と肉体関係を結んでしまったのだ。

――ああ、こんなこと許されるわけがない。私はどうすれば……。

セルレイナが自分の罪深さに苦悩する傍らでは、目を閉じたレヴィアスが静かな寝息を立てていた。酒が入っているせいで、おそらく眠りが深いのだろう。

ふと、セルレイナの頭にもしかしてという考えが過る。

父親は酒を飲み過ぎた翌日は、必ずと言っていいほど前の晩の記憶を失くしていた。酒を飲み始めた頃のことは覚えていても、途中からの記憶が抜けていると。

――もしかして、お義兄様は昨日のことを……私が来てこうなったことを覚えていないかもしれない。

それは悲しいことだったが、今のセルレイナにとっては幸運なことだった。

――このまま、顔を合わせずに私が消えてしまえば、昨夜のことは何もなかったことにできるかもしれない。

セルレイナはレヴィアスの腕からそっと抜け出すと、彼を起こさないように身を起こした。そのとたん、昨夜さんざん注ぎ込まれたレヴィアスの子種がじわりと秘部から零れ落ちる感触がして身を震わせる。

――ああ、これは罪の証だわ。もし妊娠したら……。

許されることではないのに、レヴィアスの子どもを身ごもることを想像したとたん、子宮のあたりが甘く疼いた。

——ああ、だめ。そんなことを夢見てはいけない。お義兄様のためにも。

首を横に振って子どものことを頭から振り払うと、今度こそセルレイナはレヴィアスのそばから離れてベッドを下りた。身体はだるかったが、動けないほどではない。

着てきたドレスや下着、それに靴も長椅子の周辺に落ちたままだった。急いで下着をつけて、シュミーズドレスを身に纏う。

——着てきたのがシュミーズドレスでよかったわ。もし訪問用のドレスだったら、侍女の手を借りないと着られないところだったもの。

上までしっかりとボタンを留めて身支度を整えると、セルレイナはベッドを窺った。幸いにもレヴィアスが目を覚ます気配はない。

ホッと安堵《あんど》の息を吐き、セルレイナは静かにレヴィアスの部屋から出た。廊下を歩き、玄関ホールへと向かう。

誰にも会わずに出て行けたらと思っていたが、あいにく玄関ホールには執事のゼインがいた。ゼインはセルレイナの姿に気づくと穏やかな表情のまま尋ねた。

「お帰りになるのですか？　旦那様がそれをお許しになるとは思えませんが」

声に非難するような響きがあるのは、おそらくゼインは昨夜レヴィアスとセルレイナが何をしたのか知っているからだろう。セルレイナの頬が赤く染まった。

「……帰ります。お、お義兄様は寝ておられるみたいなので、ご挨拶は遠慮させてもらいました」

「そうですか……」

「それであの、あなたにお願いがあるのです」

セルレイナはおずおずと口にした。

「もしお義兄様がお酒のせいで昨夜のことを覚えていなかったら、私がここに来たことを言わないで欲しいのです」

「ですが……」

「お願い、ゼイン。これ以上お義兄様に負担をかけたくないの。ただでさえお姉様のことで迷惑をかけているのに……。これから戦いに行くお義兄様に、私のことで煩《わずら》わせたくない。だから、お願いです。私が来たことは言わないでいて！」

縋《すが》るように言うと、ゼインはしぶしぶではあるが頷いた。

「……分かりました。旦那様がお酒のせいで昨夜の記憶がないのであれば、セルレイナ様のことはお伝えしません。……ですが、よろしいのですか？」

「はい」

忠義者のゼインに嘘をつかせるのは心苦しいが、妻の妹と閨《ねや》を共にしたことが知られれば、レヴィアスにとってもマイナスになる。なかったことにするのが一番いいのだ。

ゼインの了解を得たことでセルレイナは安堵の息を吐いた。

「では、私は帰ります。お義兄様をお願いしますね、ゼイン」

「お待ちください、今、馬車をご用意しますので！」

彼女が馬や馬車を使わずに徒歩で来たことを知っているゼインが、慌てて呼びとめる。けれど、セルレイナは首を横に振った。馬車などで帰ったら屋敷を抜け出したことがバレてしまう。

「大丈夫です。近いですから。では、ゼイン、頼みますね」

「セルレイナ様っ」

セルレイナはゼインの制止も聞かずに玄関の扉を開けると外に飛び出した。

幸い、レヴィアスの屋敷もセルレイナの住むブロードア伯爵家の屋敷も、王都の貴族街の一角にあり、歩いて行ける距離だ。もっとも貴族は歩ける距離であっても他家にお邪魔する時は馬車を使うものだが。

朝のこの時間、まだ人通りは少なく、馬車の往来もない。セルレイナは人に見られることなく無事に屋敷まで戻ることができた。

通用口から入ると、家の中はまだナディーンのことで混乱しているようだった。どこからか母親のヒステリックな声が聞こえた。

ちょうど母親の侍女とすれ違ったが、何も言われなかった。案の定、セルレイナが屋敷から出たことに両親は気づいていないようだった。

セルレイナは自室に戻り、自分が犯した罪に震えながらその日を過ごした。

――私はなんという罪深いことをしてしまったのかしら。

姦淫《かんいん》。そんな言葉が浮かんでは消えてセルレイナを苦しめる。

結局その日、セルレイナは自室に引きこもったままだった。けれどそれはセルレイナだけではなく、両親も同じようだった。

翌日、食事を運んできた侍女から、レヴィアスが予定通り戦場へ出陣したことを知らされた。

「そう……」

律儀な彼のことだ。もし覚えていたなら、きっとセルレイナの様子を確かめさせていたことだろう。連絡がなかったということは、レヴィアスはセルレイナと過ごした夜を記憶していなかったのだ。ゼインも約束通りセルレイナが来たことを黙っていてくれたに違いない。

——これで、よかったのだわ。お義兄様にとっても、私にとっても。……そうよ、何もなかったの。お義兄様とは、何も……。

安堵すると同時に、セルレイナはあの夜の記憶が自分だけの思い出になってしまったことに悲しみを覚えた。けれどその感情を無理やり心の奥底に追いやり、いつもの日々に戻ることにした。……戻れるはずだった。

けれど日が経つにつれ、レヴィアスと過ごした夜の記憶がセルレイナを苦しめ始めた。罪の意識はなくなるどころか、ますます酷くなる一方だった。

両親から「ナディーンを止めなかった」と責められたことも、セルレイナの罪の意識を煽るには十分だった。

——もしあの時、お姉様を止められていれば、私は罪を犯さずにすんだかもしれない。あの時、お姉様に気持ちを知られていたことに動揺しなければ……。ああ、私はなんて罪深いのだろう。

その思いは強烈にセルレイナに染みついて離れなかった。一年経った今もなお。

「ミス・ロイネス？　どうしました？　具合でも悪いのですか？」

不意に声がしてセルレイナは我に返った。驚いて振り返るとそこにはケイン補佐官が心配そうな顔をして立っていた。

「ケイン補佐官……いえ、大丈夫です。さっきまで大広間にいたのですが、あまりの人の多さに少し気分が悪くなってしまいまして、途中で抜けて、ここで休んでおりましたの」

セルレイナはごまかすように笑いながら背筋を伸ばした。

「もう大丈夫です」

「確かに大広間には大勢集まっていましたからね。式典が終わる前に僕も少し早めに出てきたんですよ」

「では式典はもう終わった頃ですね」

「はい。そろそろ大広間からみんなぞろぞろ出てくる頃だと思います。あの、ミス・ロイネス、部屋に戻られるのでしたら、途中までお送りしましょうか。また具合が悪くなってはいけませんから」

ケイン補佐官が人のよさそうな顔にはにかんだような笑みを浮かべてセルレイナを誘った。反射的に断ろうとしたセルレイナだったが、前にも色々な誘いを断っていたことを思い出してしまい、罪悪感が湧いた。

――とてもいい方なのよね。今だって気分が悪くなったと私が言ったから送ってくれると申し出てくださっただけ。

「あの、では、途中までお願いします。ケイン補佐官」

おずおずと答えを返すと、ケイン補佐官はパッと明るい笑顔になった。

「喜んで！　あ、でもゆっくり歩きましょうね。また気分が悪くなるといけませんから」

「は、はい。お気遣いありがとうございます、ケイン補佐官」

こんなに喜ぶとは思わず、セルレイナは少し悪いことをしたような気持ちになってしまった。

二人はゆっくりと並んで歩き始める。

「いやぁ、でも素晴らしい凱旋式でしたね」

「そうですね」

相槌を打ちながら歩くセルレイナは知らなかった。大広間を出て移動中だった凱旋式の主役たちが回廊にさしかかっていたことを。その中の一人が足を止め、反対側を移動する二人の背中に刺すような視線を送っていたことを。

「どうかしました？　閣下」

「……いや、何でもない」

部下の言葉に応じながら、レヴィアスは仲がよさそうに話しながら歩く男女から視線を逸らし、歩き始めるのだった。

第3章　姉からの手紙

「昨日の夜ね、王家主催の祝賀会があったから私も参加したのよ」

数式を解くのに飽きたらしいアデラ王女が、ペンを手にしたまま頬杖をついた。

「……アデラ殿下、頬杖をつくのはお行儀が悪いと思いますが」

「今回の戦いで活躍した人たちを招いての祝賀会よ」

アデラ王女はセルレイナの言葉を無視して続ける。

「多くの軍人たちが招かれて参加したのだけれど、彼ら目当てで、令嬢の数もものすごく多かったのよ。軍人たちは既婚者が多いけれど、中には独身の方もいらっしゃるから。中でも一番の人気はやっぱりリスティン将軍ね」

レヴィアスの名前が出てきてセルレイナはドキリとした。

「というか、令嬢たちの目当てはほぼリステイン将軍だったと思うわ。ダンスは王妃様やお義姉様たちとしか踊らなかったけれど、リステイン将軍が一人になるたびに大勢の女性たちに囲まれてね、そりゃあすごい光景だったわ」

「……そうですか」

その光景が目に浮かぶようだ。公爵位を持ち、この度の戦いで英雄となったレヴィアスを大勢の女性が狙っているであろうことは想像に難くない。

元々レヴィアスは社交界にはあまり姿を現さないにもかかわらず、女性たちの人気は高かった。そのためナディーンと婚約した時は大勢の女性がショックで寝込んだという話だ。

だからこそ結婚から一年もしないうちにナディーンが駆け落ちした時も、ブロードア伯爵家に対する非難はすさまじいものになった。レヴィアスに見初められて結婚したのに、彼を裏切ったからだ。特に女性たちのブロードア伯爵家を見る目は厳しく、実家は社交界から爪はじきにされた。

未だにそうだ。ブロードア伯爵家を自分の夜会に招く貴族はほとんどいないだろう。

——お父様やお母様はすっかり家に引きこもっていると聞いているわ。お二人にとってさぞ辛い日々でしょう。

家を出て以来、セルレイナは両親とはまったく連絡を取っていない。二人の様子は気になるが、会う勇気はなかった。きっと二人はナディーンがいなくなったのはセルレイナが引きとめなかったせいだと未だに思っているだろう。

——辛くないと言えば嘘になるけれど、お父様たちが私を責めることで気がすむなら構わない。

もう両親とセルレイナの道は異なってしまっているのだ。かつて夢見た王立図書館司書ではないものの、今の自分は好きな外国語を子どもたちに教えるという立派な仕事がある。

「でも、リステイン将軍が帰ってきたせいか、またあなたのお姉様……いえ、ブロードア伯爵家に対する風当たりが強くなっているみたいなの。昨日の祝賀会でも女性たちが将軍の元奥方の悪口を言っていたわ。レイナ先生は大丈夫？　何か酷いことを言われていない？」

アデラ王女は心配そうな顔でセルレイナを見た。どうやら祝賀会の話をしたのはそれを確認するためだったらしい。

——優しい方だわ。

セルレイナは微笑んだ。

「大丈夫です。私がブロードア伯爵家の娘であることを知っている者は少ないですし、同じ王宮の中にいても、リステイン将軍と顔を合わせることはありません。そもそも将軍は私が王宮で働いていることも知らないでしょう」

　言いながらセルレイナの口元に自嘲の笑みが浮かんだ。

　凱旋して以来、レヴィアスの姿はたびたび王宮の中で見かけられるようになったそうだ。離宮と自室、それに図書館しか立ち寄らないセルレイナが、普段は軍の建物にいるレヴィアスを見ることなどめったにないだろうが、つい彼が通りそうな道を避けてしまっているのが現状だ。

　――バカね、駆け落ちした元妻の妹のことなんて、あの方はきっと忘れているわ。怖がることなんてないのに。

　王女の家庭教師が今をときめく将軍と顔を合わせる機会などあるわけがない。それなのに、廊下を通るたびに無意識のうちに彼を捜してしまう自分がいた。怯えて避けているくせに、姿は見たいだなんて、なんて矛盾しているのだろうか。

　授業を終えて離宮を出ると、セルレイナは沈んだ面持ちで宿舎に向かって廊下を歩いていた。

　アデラ王女にはああ言ったが、レヴィアスが戻ってきてナディーンのことが取り沙汰《ざた》されること自体、セルレイナにとっては苦痛だった。ほとんどの人間はセルレイナがナディーンの妹であることを知らない。だからこそ耳に入ってきてしまうのだ。

『あんな素晴らしい方を捨てて駆け落ちするだなんて、ブロードア伯爵家の令嬢はどうかしているわ』

『聞けばナディーンという女は社交界デビュー以来、色々な男を侍らせていたらしいじゃないか。きっと将軍だけでは物足りなかったんだろうな』

『でも、何も戦いに出陣する直前に駆け落ちしなくてもねぇ……』

声が耳に届くたびにセルレイナは罪悪感に襲われる。あの時、ナディーンを止めていればと、つい自分を責めてしまう。

ナディーンの行方が分からないことも、セルレイナが罪悪感を覚える一因だった。せめて駆け落ちした相手と外国で幸せに暮らしていると分かれば、セルレイナは迷うことなくナディーンを憎むことができるのに。

――お姉様……。あなたは一体今どこにいるの……？

「お姉様……」

呟いた直後、セルレイナはぎくりと足を止めた。廊下の先にレヴィアスの姿があったからだ。

よく見れば、そこは離宮から戻る時に通る廊下で、レヴィアスの立っている通路は主居館から軍の建物に至る道だ。そのため、最近は避けていた場所だったのだが、物思いにふけっていたせいで、回り道をするのを忘れていた。

――お義兄様……！

レヴィアスの姿を目に留めたとたん、セルレイナの視界から彼以外が消えた。

軍服に包まれたしなやかな身体も、端整な顔立ちも、明るい金髪も、一年前とほとんど変わらない。

一瞬、何もかも……自分の犯した罪さえ忘れて、セルレイナの胸の中にレヴィアスへの思慕が溢れた。けれど、それはあっという間に霧散する。

なぜならレヴィアスが刺すような鋭い目でセルレイナを見ていたからだ。

レヴィアスはセルレイナに声をかけることはしなかったが、確かに彼女を見て、そして厳しい表情をしていた。

――お義兄様……？

そんな表情をされるとは予想しておらず、セルレイナは困惑した。ずっとセルレイナは、レヴィアスと再会したなら、きっと無視されるか、あるいは以前と同じく親戚のように接してくるかのどちらかだと想像していた。

これほど憎々しげに見つめられるとは夢にも思わなかったのだ。

——自分を裏切った妻の妹だから？

レヴィアスが元妻への怒りを義妹にぶつけるような人だとは思えないが、それくらいしか理由が考えられなかった。

——もしかしてお姉様のことがなくとも、本当は私を嫌っていたのかもしれない。お姉様の妹だから優しくしてくれていただけで……。

それならばレヴィアスに睨まれるのも無理はない、と思いながらも、セルレイナは傷ついていた。

責めるような視線に耐えられず、セルレイナは踵を返して逃げ出す。

レヴィアスは声をかけて呼びとめることはしなかったが、セルレイナは角を曲がるまで刺すような視線をずっと感じていた。

その後、あの時のように正面から顔を合わせることはなかったものの、視線を感じて振り返るとレヴィアスが睨《にら》むように見ていたことが何度か続き、セルレイナの心はそのたびに傷ついた。

——お義兄様は私を憎んでいる……。

そのせいか、最近なんとなく寝つきが悪くなり、顔色もさえなくなってアデラ王女にも心配される始末だった。

——しっかりしなきゃ。今の私には家庭教師としてアデラ殿下を導く役目があるのだから。お義兄様のことは……きっといつか時が解決してくれるわ。

アデラ王女からレヴィアスにいくつもの縁談が舞い込んでいると聞いて、セルレイナは彼が再婚するのも遠いことではないと思った。

辛いがこれが現実だ。

「ミス・ロイネス。ちょうどよかった。あなたに手紙が来ているわ。渡しておくわね」

外国語の授業を終えて戻る途中、顔見知りの女官とばったり会って、手紙を手渡された。

「ありがとうございます」

手紙を受け取り女官に礼を言う。

部屋に戻りながら裏面を見ると、差出人の名前のところには「ディアナ・ロイネス」と書かれてあった。

——私に手紙をくれるのはキャロル先生ぐらいだから、てっきり先生からだと思ったのに……。でもディアナなんて名前の人、お母様の親戚にいたかしら？

首を傾げながら名前を見ているうちに、見慣れた筆跡であることに気づいてセルレイナの心臓が音を立てて鳴った。

見覚えがあるはずだ。なぜならその筆跡は、ナディーンのものだったのだから。

――お姉様から手紙が……!?

「なぜ……どうして……今頃……」

手紙を手にしたままセルレイナは途方に暮れていた。この一年、駆け落ちしたナディーンから連絡が来たことはない。実家にも便りがないと聞いている。

――それなのに、どうして王宮に住む私のところへ？

分からないが、手紙を開けないわけにはいかない。もしかしたらナディーンの居場所の手がかりになるかもしれないのだから。

セルレイナは急いで部屋に戻り、戸にしっかりと鍵をかけると、ベッドに腰かけて封筒を開封した。

そこには懐かしい姉の筆跡で、こう書かれてあった。

『親愛なるセルレイナ
久しぶりね。
今、あなたは家を出て王宮で家庭教師をしていると聞いているわ。勉強好きなあなたにぴったりね。

さて、突然手紙が来て、あなたは驚いていることでしょう。そして怒っているでしょうね、自分勝手な姉を。いいの、それは本当のことですもの。

でも私は逃げなければならなかったの。とんだ事件に巻き込まれて、そこから離れなければならなかったのよ。レヴィアスには申し訳ないことをしたと思っているわ。

そのお詫びと言っては何だけれど、私が手に入れたものをあなたに託します。それはレヴィアスが捜していて、きっと彼の役に立つものです。

そのものは私とあなたが知っている秘密の場所に隠しました。捜し出してレヴィアスに渡してください。とても大事なもので、人の命がかかっています。

それではお願いね。

あなたの姉ナディーンより』

姉からの手紙の内容は思ってもみないものだった。

――大事なもの？　人の命がかかっている？

それよりも重要なことがある。ナディーンはただ男と逃げただけではなかったらしい。きっと、何かの事件に巻き込まれて離れなければならなかったのだ。

そう言われると、最後に会った時、ナディーンが急いでいた様子も頷ける。

——もしお姉様が駆け落ちしたのではなくて、事件に巻き込まれただけだとしたら……お姉様とブロードア伯爵家の名誉も回復できるかもしれない。

「でも……お義兄様に渡すというのは……」

レヴィアスの鋭い目を思い出してセルレイナはぶるっと震えた。ナディーンはレヴィアスに渡せと言うが、彼に憎まれているセルレイナにどうやって渡せるというのだろう。

——それに、そもそも、秘密の場所とはどこ？

姉妹の秘密の場所など覚えがない。セルレイナがナディーンの後をついて回っていたのは幼い頃だけで、成長してからは姉妹で何かをすることなどほとんどなかった。

——どうしましょう。まったく分からないわ。

分からないが、こんな重要なことを無視することもできない。

——あっ、そうだわ。ローランドお兄様に相談しましょう！

ほとんどの人間がセルレイナの素性を知らない王宮で相談できる相手となれば、ローランドくらいしかいない。それに、ローランドならば幼い頃から自分たちを知っている。セルレイナが忘れた秘密の場所も覚えているかもしれない。

——そうよ。それにお姉様の言うものが見つかれば、ローランドお兄様からお義兄様に渡してもらえばいいんだわ。

翌日、昼休みの時間に、セルレイナは王宮の端にある小さな中庭でローランドと待ち合わせをした。

待ち合わせるのは自室でもよかったが、婚約者のいる男性を部屋に呼びこんだことが知られるといらぬ誤解を受ける可能性があるからだ。

王宮で働いている以上、疑われるような行動は慎まなければならなかった。

セルレイナから手紙のことを知らされたローランドは怪訝そうに眉をひそめた。

「ナディーンから手紙が来たって!?　迷惑をかけた君に今さら一体何の用で？」

「それがね、ローランドお兄様。とても奇妙なの」

ポケットに仕舞っていた手紙をローランドに差し出す。ローランドは手紙を開き、そこに書かれている内容に目を通すと渋い顔になった。

「何だこれは？　ナディーンはふざけているのか？」

「いいえ、たぶんふざけているわけではないと思うわ」

「それに姉妹の秘密の場所とは何だろう？　そんな場所あったかい？」

「……やっぱりローランドお兄様にも心当たりはないのね？」

少しがっかりして肩を落とすと、ローランドは逆に聞き返してきた。

「ああ。君こそ、姉妹の秘密の場所というのは記憶にないのかい？」

「ええ、お姉様と遊んだのは子どもの頃くらいだし、大きくなってからはお姉様とは全然趣味が異なっていたから……」

おしゃれと社交が大好きで、母親と一緒に貴族夫人の催すお茶会によく出席していたナディーンと、本が好きで書斎に籠もりっきりのセルレイナは一緒に行動しなくなっていた。

もっとも、そんなふうにあまりに違う性格であっても、姉妹の仲は悪くはなかったが。

「そういえばナディーンは伯母上が連れ回していたから、成長してからあまり君たちは一緒じゃなくなったよね。昔はよく手を繋いで庭を走り回っていたものだけれど」

懐かしそうにローランドが目を細める。セルレイナも幼い頃を思い出して顔を綻ばせた。

「そうね。ローランドお兄様は幼い頃から私たちを知っているものね。お姉様はお兄様が来るといつも独り占めしていたものだったわ」

あまり物に執着しないナディーンだったが、ローランドにはよく懐いていて、彼が来るたびに腕を引いて構ってもらっていた。それは幼少期を過ぎても変わらず、少女になってても、ナディーンは相変わらずローランドを独り占めしたがった。

――だから私はいずれローランドお兄様がお姉様と結婚するものだと思っていたのだわ。

ところが、ナディーンが社交界デビューをする年頃になると、ブロードア伯爵家とローランドの関係は昔とは変わっていた。

そのことを思うと、いつもセルレイナはローランドに申し訳ない気持ちになる。

セルレイナの実家であるブロードア伯爵家には男児がいない。そのため、父親は甥《おい》であるローランドをナディーンの婿にしてブロードア伯爵家を継がせる心づもりだったのだろう。よくローランドを招いてはナディーンに相手をさせていた。

けれど、父親はナディーンが成長するにつれて、彼女の美貌であればもっといい相手が釣れると思い直したに違いない。ナディーンが社交界デビューをする頃には、ローランドがブロードア伯爵家に招かれることはほとんどなくなっていた。

父親はリステイン公爵家との縁をさらに深めるために、将来、ナディーンに男児を二人産ませ、次男を養子にもらってブロードア伯爵家を継がせることを画策していたようだ。

ローランドは何も言わなかったが、おそらくローランドに対する父親の態度も徐々にぞんざいなものへと変わっていったのだろう。

セルレイナが記憶する限り、ナディーンがレヴィアスと婚約してから、彼はブロードア伯爵家を訪れていない。セルレイナとたまに手紙のやり取りをしていただけだ。

けれど、ローランドはブロードア伯爵家の都合に振り回されているだけではなかった。彼は彼できちんと自分の足場を築いていたのだ。書記官として優秀なローランドは上司である侯爵に認められて彼の娘と婚約した。ナディーンが結婚して間もない頃だ。

一方、ローランドを袖にしたナディーンはレヴィアスと結婚したのにその後駆け落ちしてしまい、ブロードア伯爵家の評判は地に落ちた。

普通であれば評判の落ちた親類など無視するだろうに、優しいローランドは従妹を見捨てることなく、家を出たいというセルレイナの相談に乗り、職が決まるまで彼の屋敷に置いてくれた。

「ごめんなさい。来年には結婚するローランドお兄様を私たちのことに巻き込んでしまって」

それなのに今もまたこうしてセルレイナはローランドを頼ってしまっている。本来であればセルレイナが一人で処理するべきことなのに。

「気にしないで、セルレイナ。親戚じゃないか。とにかく、この手紙でナディーンが示している『姉妹の秘密の場所』のことだけど、思い出したら、僕に知らせて。あまり勝手に危ないことはしないようにね」

「はい。もちろん」

ローランドは手紙をセルレイナに返しながらやれやれといった様子で呟いた。

「ともかく、ナディーンは生きて無事だってことは明らかだな。それが分かっただけでも御《おん》の字か」

「ええ。そうね。お姉様が無事でよかったわ」

「さて、そろそろ部署に戻るよ。くれぐれも気をつけてくれ、セルレイナ」

ローランドはそう言って中庭を出て行った。それを見送って、セルレイナもアデラ王女の午後の授業のために部屋に戻る。

セルレイナも、そしてローランドも、彼らが中庭で話をしているのを隠れて見ていた者がいたことに気づいていなかった。

＊＊＊

セルレイナがローランドと中庭で会っていたのと同じ頃、ボードダール国の港に入港する船の甲板に、とある男女がいた。

片方は三十代半ばの商人風の男性で、もう片方は商人の奥方にしては美人で気品のある金髪の女性だ。

「懐かしいだろう、ナディーン？」

男――カーレルが、港を眺めている隣の女性に尋ねる。

「一年ぶりの故郷を見た感想はどうだ？」

カーレルに尋ねられたナディーンは朗らかに笑った。

「別にどうとも思わないわ。私ったらあまり愛国心はないみたい。あなたと大違いね」

「それは祖国でもお尋ね者になっている俺への嫌みかよ」

「違うわよ。一応褒めているのよ」

「どこが褒めているんだか」

軽口を叩く二人は親しそうだ。船員にも二人はボードダール国にやってきた商人の夫婦だと思われている。

やがて船が港に着岸した。船を降りる人々に紛れて港に降り立ったナディーンは嫣然と笑った。

「さぁ、ゲームの始まりよ、カーレル。私が勝つか、彼が勝つか。お手並み拝見といくわ」

「仕掛けはすんだんだろう？」

「ええ。もちろん、ここに来るまでにすませてあるわ。まずは最初にあの人に会いに行きましょう。他にも色々と準備を整えないと。復讐の準備を、ね」

ナディーンの声に宿った冷え冷えとした響きを聞きとったのは、カーレル一人だけだった。

＊＊＊

『お義兄様』

女性らしい柔らかな声がレヴィアスの脳裏に響く。

いつだってレヴィアスの耳から離れない声だ。

『お義兄様。ありがとうございます！　この本、一度読んでみたかったのです』

きらきらと輝く緑色の瞳が、嬉しそうに綻ぶ唇が、忘れられなかった。

最初はナディーンとは似ても似つかない、大人しい令嬢だと思っていた。美しい姉の陰に隠れて目立たない、地味な令嬢だと。

けれど、好きな本の話題になると、とたんに目を輝かせて生き生きとした表情で話しだす。

普段自分に群がってくる女たちとはまったく異なる生き物。そんなふうに興味を持ったことが始まりだった。

あれだけ両親に差別されて育ったのに、決して卑屈になることなく、どんなに反対されようと本を読むことをやめない、芯の強い女性。

セルレイナを大人しい女性だと思っていたレヴィアスはすぐにその評価を改めた。

『お義兄様、お姉様をよろしくお願いします』

――自分を義兄と慕う善良な令嬢を騙《だま》していることに罪悪感を覚え始めたのは、いつ頃のことだっただろうか。

「閣下？」

副官のリーズリーの声に、レヴィアスは我に返った。

「ああ、すまない。少しぼんやりしていた。ナディーンが港に姿を現したという話だったな」

久しぶりにナディーンの消息を聞いたからだろうか。執務室で報告を聞いている最中だというのに過去のことが蘇《よみがえ》ってきて、レヴィアスの胸の中に苦々しい思いが広がった。

――まったく、忌々しい姉妹だ。いつだって色々な意味で私の心をかき乱す。

それは、己を厳しく律することを信条としているレヴィアスにとって、許せることではなかった。

「はい。港に配置している警備兵から連絡が届きました。間違いなく奥方……ごほん、ナディーン様だったということです。兵士は彼らの跡をつけたそうですが、気づかれて雑踏の中で見失ったとのことです。……どういたしますか？」

リーズリーは報告をすませると、上官の様子を窺うように見つめた。レヴィアスはしばらくの間考え込んでいたが、顔を上げるとリーズリーを見る。

「おそらく彼らは王都に来るはずだ。警備の者を増やして警戒に当たるようにしてくれ」

「はい」

「一年前にやり残したことの清算だ。必ず捕まえろ」

「はい！　さっそく手配します」

軍隊式の敬礼をして、その場で踵を返したリーズリーは、戸口の前で後ろからかかった上官の声に足を止めた。

「それと、王宮にいるセルレイナ・ロイネス……いや、セルレイナ・ブロードアを捕らえろ」

「……は？　捕らえろ、ですか？　保護ではなく？」

驚いて振り返ったリーズリーの目は、これでもかというほど大きく見開かれていた。

第4章　囚われて

ローランドと中庭で話をした数日後のことだった。

身支度を整えてアデラ王女のもとへ行こうと自室を出たセルレイナは、突然兵士に囲まれた。

「え……？」

「セルレイナ・ブロードア。あなたの身柄を拘束します。どうぞこちらへ」

声をかけてきたのは二十代前半とおぼしき若い軍人だった。帯剣しているが、周囲の兵士とは少し異なる制服を身に着けている。セルレイナの記憶に間違いがなければ、軍の将校クラスの者が着ている制服だ。

つまり、それなりの階級を持っている相手ということになる。

――一体、どうして？

「少しお待ちください。一体どういう理由でしょうか？」

拘束されるようなことをした覚えはない。確かに姓は本来のものとは別のものを使っているが、きちんと承諾を得た上で名乗っている。

「理由はここでは言えません。あとで別の者が説明します。今はただ大人しく我々についてきてください」

そこまで言って、若い軍人は声を少し落として続けた。

「ここで騒ぎになって困るのはあなたですよ」

「っ……」

確かにそうだ。ここで騒ぎを起こして大勢の人に見られても困る。幸い今の時間は、上級使用人の宿舎に残っている者は少ない。

「……分かりました。ついていきます」

どんな理由にせよ、申し開きをする機会はあるだろう。そう思うことにして、セルレイナは抵抗をやめた。

兵士に囲まれて歩き始めたとたん、セルレイナは大事なことを思い出す。

「あ、そうだわ。これからアデラ殿下の授業が……！」

すると、先頭を歩いていた若い軍人が振り返った。

「ご心配には及びません。アデラ殿下にはすでに連絡済みですから」

「……そ、そうですか」

用意周到だ。おそらくセルレイナの予定をきちんと把握した上での連行なのだろう。

――アデラ殿下、心配していらっしゃるでしょうね。早く身の潔白を明かして戻らないと。

セルレイナは兵士たちに連れられて上級使用人の宿舎を出て、軍の施設がある方向へと向かった。途中、すれ違う使用人たちが、兵士に囲まれて歩くセルレイナを見てびっくりしているのが見えた。

きっとすぐに噂になるだろう。先のことを考えると不安になったが、今はただ何もかも誤解であることを祈るしかない。

ほどなくして、セルレイナたちは軍の建物に到着した。建物の前にはボードダール軍の紋章の入った黒い二頭立ての馬車が置かれ、周囲には馬に乗った騎兵が五人ほど待機している。

このまま建物に入って尋問されるのだろうと思っていたので、その馬車に乗るよう促されたセルレイナは目を丸くした。

「馬車？　馬車に乗るのですか？」

「はい。尋問は王宮ではなく別の場所で行わせていただきます」

王宮を離れることを考えると不安で仕方なかった。

「拒否するということは……」

「もちろん、できません」

「そうですよね……」

どうやら乗るしかないようだ。セルレイナは諦めて馬車に乗った。乗る際に若い軍人が手を貸してくれたところからすると、それほど酷い扱いにはならないのかもしれない。淡い希望でしかないが、それに縋るしかなかった。

セルレイナの後に若い軍人が乗り込み、馬車が動き始める。王宮を出たところでようやく軍人が口を開いた。

「遅くなりましたが、私はボードダール国軍の第一師団に所属するリーズリー・マルメドウと申します。階級は中尉になります」

「そうですか。……あの、マルメドウ中尉。この馬車はどこへ向かっているのでしょうか？」

「着けば分かります」

リーズリーは答えになっていない答えをにこやかに口にする。

「そ、それでは私は一体何の罪で連行されているのでしょうか？」

「それは私の口からはお伝えできません。私はあなたに対して答える権限を持っていないのです。後で別の者が尋問することになっております」

「い、いったいどのくらい拘束されるのですか？　誤解だと分かったらすぐに帰してもらえるのでしょうか？」

「その説明も後で別の者が行う予定です」

何を聞いてもリーズリーはまともな答えを返してこなかった。別の者が説明するの一点張りだ。どうやら本当にセルレイナに説明する権限を持っていないらしい。

――どういうことなのかしら？

自分がどういう理由で拘束され、王宮から連行されるのか皆目見当がつかない。分からないだけに不安だった。

考えられるとしたらナディーンから受け取った手紙くらいだ。だが、駆け落ちした姉から手紙が来たくらいで軍に拘束されるのもおかしい。

――あとは、手紙の中身……。お姉様の手紙に書かれていた、「姉妹の秘密の隠し場所に隠したもの」に関連してのことかしら？

見つけたらレヴィアスに渡して欲しいとあったくらいだから、軍に関することなのかもしれない。

ただこれもやはり想像の域を出ない。本当に手紙のせいなのかも不明だ。

――やっぱり着いた先で話を聞くしかないのね。

馬車はセルレイナとリーズリーを乗せて、大通りをまっすぐ突っ切り、王都の外へと向かう。

――もしかしてこのまま王都郊外にあるという監獄に向かうのかしら？

王都郊外にある監獄は政治犯や罪を犯した貴族などを収監する場所だ。普通は裁判で有罪が確定した後に収監されるはずだが、そこに行く以外に王都を出る理由が思いつかなかった。

けれど馬車は監獄がある平野部ではなく、王都郊外に広がる森の中に入っていった。

その森は狩りができるとあって貴族に人気の場所だ。森の中には別荘がいくつも建っている。ブロードア伯爵家は持っていなかったが、父の友人の貴族が森の中に別宅を持っており、一度だけ家族でお邪魔したことがあった。

――こんなところに軍の建物などあったかしら？

首を傾げていると、馬車は一軒の別荘の前で停まった。

森の中に建てられた別荘は豪華で、立派なファサードといい、かなり財力のある貴族の持ち物であることが見て取れる。

敷地は柵で囲われており、等間隔に警備の兵士が配置されていた。

「到着しました。降りましょう」

リーズリーが言う。どうやらこの別荘で間違いないようだ。別荘にしては物々しい警備であるところを見ると、もしかしたら軍所有の建物なのかもしれない。

再びリーズリーに手を借りて馬車を降りる。

「中へどうぞ。部屋にご案内します」

促され、建物の中に入ると、外見から想像していた以上に豪華な装飾品に迎えられた。広い玄関ホールには巨大なシャンデリアが飾られ、それを囲むように大理石の螺旋《らせん》階段が設置されている。螺旋階段の手すりも大理石で作られているようで、意匠を凝らした彫刻が等間隔に置かれていた。

王宮に勝るとも劣らない豪華さだ。圧倒されて口をポカンと開けていると、リーズリーが促す。

「セルレイナ嬢、こちらです」

「は、はい」

口を閉じてリーズリーの後についていく。螺旋階段を上り、二階に着くと、リーズリーは突き当たりの部屋にセルレイナを通した。

「こ、ここですか……？」

部屋の中を見回したセルレイナが困惑したのも無理はなかった。部屋は広く、とても贅《ぜい》沢《たく》な造りだった。

大きな暖炉に、二人掛けのソファとテーブル。壁際には本棚まである。そのどれも最高級の調度品だということは一目で分かった。

もしかしてここは応接室だろうか。

「はい。今尋問官を呼んできますので、それまでこの部屋でお待ちください」

リーズリーはそう告げて部屋を出て行った。

「はぁ。傷をつけずに無事にお連れできてよかった……」

廊下に出た彼が安堵のため息をつきながら小さな声でそんなことを言っていたのを、セルレイナは知らない。

部屋に一人残されたセルレイナは、座ることもできずに、立ったままそわそわとしながら部屋を見回した。

——とても尋問室とは思えないわ。応接室か、もしくは客間かしら？　でもこれから取り調べをしようとする人間を、わざわざ豪華な部屋に通すものかしら？

　どんな容疑で連れてこられたのかも分からない上にこの部屋だ。安心するどころかますます不安が募るばかりだった。

　扉の外からこちらに近づく足音が聞こえてきた。尋問官だろうか。

　両手をぎゅっと握り、扉から誰かが現れるのを待つ。

　案の定、セルレイナのいる部屋の前で足音が止まり、ノックもなしに扉が開いた。

「――――え？」

　現れた人物を見て、セルレイナは息を呑んだ。

「……お、お義兄、様……？」

　扉から入ってきたのは軍服姿のレヴィアスだった。彼は扉を閉めるとセルレイナの方に近づいてくる。

「な、なぜ、お義兄様が……？」

　一瞬、助けにきてくれたのかと思ったが、セルレイナを射貫くように見ているレヴィアスの顔を見て、そうではないことを悟る。

　驚愕しているセルレイナの前で足を止めると、彼は冷たい声で告げた。

「私が尋問官だ」

「あ、あなたが……？　どうして……？」

「どうして？　決まっているじゃないか。この件に関して私が責任者だからだ」

「責任者……？」

「そうだ。君は重要参考人として私の別荘に隔離することになった。容疑が晴れるまでここから出ることはできない。大人しく、知っていることを話してもらおう」

睨みつけるように言われ、セルレイナは困惑を隠せなかった。

「あの、そもそもなぜ私が拘束されなければならないのですか？　私は何かをした覚えはありませんが……」

「確かに君が何かをしたわけではない。けれど、先に言った通り重要参考人だ」

「重要参考人……」

わけが分からずに何度も瞬きをするセルレイナに、レヴィアスは驚くことを告げた。

「ナディーンと駆け落ちした男は、ベルマン国の間者だった」

「…………え？」

「つい最近判明した事実だ。一年前は戦争があったために調査が不十分だったが、ようやく素性を突き止めることができた」

「ベルマン国の間者……？」

呆然と聞き返す。

「この国ではカーレルと名乗っていた。商人として手広く商売をしていたようだな。顧客の名簿には貴族の名前もたくさんあった。商売のために何度も我が国に出入りしていた形跡がある。もちろん正規の通行書を使っていたようだがな。ちょうど一年前、商売敵に襲撃されて亡くなったと思われていた。が、実は生きていて、ナディーンと行動を共にしていたようだ」

「待って、待ってください……！」

話についていけなくて、セルレイナは混乱しながら待ったをかける。けれどレヴィアスはセルレイナの言葉を完全に無視して続けた。

「どこで知り合ったかは不明だ。我が家もブロードア伯爵家も顧客ではなかったからな。だからナディーンが一緒に逃げた相手がカーレルだと判明するのに時間がかかった。……ああ、カーレルは今は間者ではないかもしれない。戦争の時に偽情報を流して味方を混乱させたことで、今はベルマン国からも追われている身だ」

「お、お姉様は、今も、彼と……？」

セルレイナは尋ねながら目の前がくらくらするのを感じた。何もかも寝耳に水で、信じられなかった。

するとレヴィアスは今度は答えてくれた。

「ああ、二人が今も行動を共にしているという報告が入っている。……時にセルレイナ。君は最近ナディーンから連絡があったそうだな？」

「そうですけど……あ……」

ここでようやくセルレイナは、ナディーンが間者と駆け落ちしたことで、彼女が「間者の仕事」に関わっていたのではないかと疑われていることに気づいた。そして、ナディーンから連絡をもらったセルレイナも。

帰国して以来、レヴィアスが時折セルレイナを睨むように見つめていたのは、それを疑っていたからなのではないだろうか。

「ち、違います。私は何も知りません！　それに、お姉様が間者の仕事に関わっていたとは思えません！　きっと、そのカーレルという人に騙されて――」

「騙されていようが、ナディーンには情報漏えいに関わっていた疑惑がある。ナディーンにはブロードア伯爵家から連れてきた侍女がいただろう？　君はその侍女のことをどれだけ知っている？」

急に話が飛び、ついていけないセルレイナは目を丸くしたが、必死に当時のことを思い出しながらおずおずと答えた。

「お義兄様と結婚する時、確かミミという名前の侍女を一人だけ連れて行ったと思います。ブロードア家に雇われてまだ日が浅かったので、私はほとんど話をしたことがありませんでした。でもお姉様とは気が合うらしくて、自分の専属の侍女にしていました」

だからナディーンがリステイン公爵家に嫁入りする時、ミミを連れて行ったことに、セルレイナは何も疑問を持つことはなかった。

「ミミがどうしましたか？　そういえば一年前にお姉様がいなくなった後、彼女はどうしたのでしょう？　お姉様は彼女を連れて行かなかったのですよね？」

おそらくナディーンが失踪した後、父親がリステイン公爵家にミミのことを尋ねたに違いないが、彼女の話はまるで出なかった。

「ミミはナディーンが駆け落ちする十日前に事件に巻き込まれて亡くなっている」

「え？　ミミが亡くなった……？」

「ナディーンの使いで買い物に行った先でならず者たちに誘拐され、三日後に遺体で発見された。私が戦の準備で王宮に籠もりきりになって、なかなか屋敷に戻れなかった時のことだ。執事のゼインによれば、ナディーンは自分が外出させなければとずいぶん落ち込んで部屋に閉じこもっていたらしい」

「なんてこと。ミミが……」

痛ましい事件にセルレイナの表情が曇った。ミミとはほとんど話をしたことがなかったが、明るくて闊達《かったつ》な女性だったことはなんとなく覚えている。

「犯人は結局見つからなかった。……が。これも後から調べて分かったことだが、ミミには外出するたびに密かに会っていた人物がいた。相手は、カーレルとはまた別の間者の男だ。もちろん、ベルマン国のな」

「なっ……」

「その間者もミミと同時期に別の場所で遺体で発見されている。ナディーンの侍女が頻繁に会っていた人物が間者。そして駆け落ちした男も間者だった者だ。これでどうしてナディーンが無関係だと言える？」

「そ、それは……」

セルレイナは青ざめた。ナディーンと直接面識はなくとも、ミミが別の間者と関係を持っていた。そしてナディーンも、間者だったカーレルと駆け落ちしたとなれば、疑いの目が向けられるのも無理はない。

「ミミは元はブロードア伯爵家で雇われていた。そしてナディーンが最後に立ち寄ったのもブロードア伯爵の屋敷。……これだけ言えば分かるだろう？　君たちナディーンの家族は全員重要参考人だ。情報漏えいの……と言うより反逆罪のな」

「反逆罪……」

恐ろしい言葉に、セルレイナは足の下から震えが駆け上がり、それが全身に広がるのを感じた。

国を裏切り情報を他国へ漏らしたとなれば当然反逆罪に問われる。もし確定すれば一族すべてが処刑されるだろう。

「で、でも反逆罪だなんて。私たちはそんなことはしていません！　父も、母も！」

確かに両親は見栄っ張りで、選民意識も強く、身分で人を判断するようなところがある。けれど国の重要な情報を売るほど腐ってはいないはずだ。そもそもそんな大それたことをするとは思えなかった。

「きちんと調べてください。そうすれば、両親は無関係だと分かるはずです」

無関心で放任されようと、ナディーンの失踪はお前のせいだと責められようと、やはりセルレイナにとって二人は両親なのだ。反逆行為などしていないと信じたい気持ちが強かった。

だが、レヴィアスは皮肉気に笑う。

「もちろん、調べるとも。だが君はどうだ？　両親の心配をしている余裕などないぞ。君にも同様の容疑がかかっているんだからな」

「私は間者とは何も関係ありません！　国を裏切るだなんて、そんな……」

　セルレイナは必死になって訴えた。だが、レヴィアスはセルレイナの言葉を鼻で笑って遮った。

「口では何とでも言える。だいたい罪を犯した者は皆、最初はこう言うんだ。『私は知りません。関係ありません』とな」

「そんな……私は……情報漏えいになど関わっておりません……」

　レヴィアスに疑われていることが悲しくてならなかった。信じてもらえないもどかしさに涙が溢れそうになる。

「どうやってそれを証明するんだ？」

「それは……し、調べていただければ私は何も関係ないことが分かっていただけると思います」

「ほう、調べれば、ね」

「……え？」

　厳しい表情が一転した。レヴィアスはにやりと笑うと、手を伸ばしてセルレイナの顎《あご》を掬い上げた。

「お義兄様……？」

「お義兄様はやめろ。私はもう君の義兄ではない」

セルレイナは目を見開き、それからそっと俯《うつむ》いた。もうレヴィアスとは無関係の人間だと分かっていたはずなのに、彼に面と向かって言われ、胸が痛んだ。

「も、申し訳ありません。リスティン公爵閣下」

そうだ。ナディーンと離婚が成立した今、もうレヴィアスはセルレイナの義兄ではないのだ。

――分かっていたのに、お義兄様と呼んでしまったりして……私はなんて愚かなのだろう。

レヴィアスは一瞬だけ顔をしかめると、ぞんざいな口調で告げた。

「その呼び方は気に食わない。レヴィアスでいい」

「レ、レヴィアス様……？」

「それでいい。……君は調べて欲しいと言ったな？」

「は、はい」

間者とは関係がないこと、情報漏えいになど関わっていないことが証明できれば容疑者から外れて王宮に戻ることができるのだ。ならばなんとしても証明しなければならない。

「身の潔白を証明できるのであれば、君は何でもすると言うのか？」

「もちろんです。私にできることがあれば、何でもします」

「何でも、か……。前もそう言っておきながら逃げたくせに」

レヴィアスは目を細め、小さな声で呟く。声がよく聞き取れなかったセルレイナは問い返そうとレヴィアスを見上げた。

「レヴィアス様？」

まるで言質《げんち》を取ったとでも言いたげにレヴィアスは嫣然と笑っていた。普段は凪《な》いでいる青い目には欲望の炎がちらちらと燃えている。

「ならば君がどこぞの男と通じていないか、隅から隅までじっくりと調べてやろう。セルレイナ、服を脱げ」

「え!?」

「服を脱げと言った。まず何も隠し持っていないかを確認するのが基本だ。私が直々に検査をするから、服を脱いで裸になれ」

セルレイナは唖然とした。自分の耳が信じられなかった。

――服を脱げと、お義兄様……いいえ、レヴィアス様はおっしゃったの……？

「じょ、冗談ですよね、レヴィアス様……？」

「私は冗談など言わない。本気だ。その服を脱いで何も怪しいものを持っていないと証明しろ」

「そ、そんな……」

「君は何でもすると言っただろう？」

「い、言いました、けれど……」

「だったら服を脱ぐことくらいできるはずだ」

冗談ではなく、レヴィアスは本気でセルレイナに服を脱げと言っている。そのことによ
うやく気づいて、セルレイナは愕然となった。

――レヴィアス様の前で、自分で脱ぐだなんて……。

呆然としているセルレイナにレヴィアスは冷たく告げる。

「自分で脱がなければ、リーズリーや兵士たちをここに呼んで、皆の前で君の服をはぎ
取って検査してもいいんだが？」

「い、嫌ですっ」

顔から血の気が引いた。大勢の男性の前で服を脱いで裸になり、検査されるのは死んで
も嫌だった。それはあまりに屈辱的だった。

「だったら素直に脱ぐんだな」

レヴィアスはセルレイナの顎から手を放すと、数歩下がった。どうやら脱ぎやすいよう

にするためらしい。

「私は暇ではないんだ。早くしろ」

「……は、い……」

震える手を背中に回して、セルレイナはボタンを外していく。緑色の目に涙がじわりと浮かんでくる。

コルセットのいらない家庭教師用のワンピースは、ドレスより比較的ゆったりしているため、腰までボタンを外せばそのまま下へと落ちる。セルレイナはじっと見つめる青い目を気にしながら、腰までのボタンを外してワンピースを床に落とした。

ペチコートも必要がないため、ワンピースが脱げてしまえば着ているのはシュミーズとドロワーズのみになってしまう。

白いシュミーズに包まれた無防備な胸を隠しながら、セルレイナは震える声でレヴィアスに尋ねた。

「こ、これで……これでいいのですね？」

「いや、まだ服は残っているだろう？　私は服を脱げと言った。すべて取り払え」

「そんな……」

完全に脱いで裸になるまでレヴィアスは許すつもりはないようだった。

——ああ、神様……どうしてこんなことに……。

未婚の、いや、未婚ではなくとも、女性にとってはもっとも侮辱的なやり方だ。セルレイナはレヴィアスをなじりたかった。怒りたかった。

けれど、レヴィアスにとってこれは仕事であり責務なのだろう。ナディーンが一緒に逃げた相手が間者だと知って、どれほど彼は苦悩しただろうか。どれほど軍人としての誇りを傷つけられただろうか。

ここにきてようやく、セルレイナはレヴィアスの怒りの理由が理解できた。

——ああ、そうだわ。これはお姉様の夫だったレヴィアス様の名誉にも関わることだったのね。

レヴィアスがナディーンを見つけようとするのも、セルレイナたち家族に辛く当たるのも当然なのだ。それだけのことをナディーンはしたのだから。

セルレイナは震える手でシュミーズの肩ひもを外した。支えを失ったシュミーズはセルレイナの肌を撫でながらストンと床に落ちた。

素肌に外気が当たる。寒さからだろうか、胸の先端が急速に硬くなっていくのを感じた。ぷっくりと盛り上がっていく胸の頂にレヴィアスの視線が注がれる。

——見られている……。

そう思ったとたん、どういうわけか子宮が熱を帯びた気がした。

残るのはただ一つ。ドロワーズだけ。

セルレイナはウエストのリボンを外してドロワーズに親指に引っかけると、屈みながらそっと引き下ろした。

ドロワーズもまたシュミーズの後を追い、床に落ちる。

これで、セルレイナが身に着けているものは何もなくなった。胸の膨らみを腕で隠し、もう片方の手で、両脚の付け根をレヴィアスの舐めるような視線からガードしながら、セルレイナは不思議な感覚を覚えていた。

──ああ、レヴィアス様に見られている……。

レヴィアスの青い瞳の色はすっかり濃くなり、セルレイナを見つめる視線の奥には炎がちらちらと見え隠れしている。

ああ、あれは欲望だ。一年前のあの夜、レヴィアスはこんな目でセルレイナを見ていた。

ドクン、ドクンと心臓が早駆けをして、奥からトロリとしたものが溢れてくる。

レヴィアスに抱かれたのは一年前の、それも一晩だけだったにもかかわらず、セルレイナの身体はあの時の感覚を覚えているのだ。

「手を退《ど》けろ、全部晒せ」

じれたような声で命じられ、セルレイナは自然と従っていた。そろそろと手を下ろし、何も纏っていない裸体をレヴィアスに晒す。

ふっくらと盛り上がっていた胸の先端はますます硬くなり、ジンジンと疼いた。

——恥ずかしい。でもどうしてなの？　ああ、奥からどんどん蜜が溢れてきてしまう！

期待するように胎内から愛液が滴り落ち、両脚の付け根がしとどに濡れていく。これが何であるのか、セルレイナはすでに知っていた。

——ああ、だめ、思い出してはだめ……！

あの夜のことが次々と脳裏に蘇り、セルレイナの身体はふるふると震えた。寒かったからではなく、彼の屹立を受け入れた時の感触を思い出し官能が刺激されてしまったからだ。

レヴィアスはセルレイナのうっすらと開かれた唇を、胸の膨らみと紅色に色づく先端を、湿り気を帯びるようになった両脚の付け根を舐めるように見つめて、やがてふっと笑った。

「胸の先が尖《とが》っているぞ。これは検査だというのにな」

揶揄《やゆ》するように言われて、セルレイナの頬が赤く染まる。やはりセルレイナが欲情しているのがレヴィアスには分かってしまったらしい。

「私を誘っているのか？　君は未婚のはずなのに反応が処女らしくないな。ああ、もしかしてもうとっくに純潔を失っているとか？　相手は誰だ？」

「……」

セルレイナは口をキュッと引き結んだ。その名を言うわけにはいかない。

「言えないのか？　やっぱり、姉が姉なら妹も同じか。実家を出てさっそく男のところへ駆け込むだけのことはある。誰にでも股を開くのだな、君たち姉妹は」

「そんな、私は何も……」

酷い言われように熱はサッと引き、涙が零れそうになった。けれど反論することはできない。自分が処女でないことは確かだったからだ。

それに、駆け落ちに情報漏えいという二重の意味でレヴィアスを裏切っていたナディーンのことを言われてしまうと、セルレイナは何も言えなくなる。

セルレイナは目を閉じて、涙を振り払った。

――これは罰だわ。お姉様を裏切り、レヴィアス様の弱みに付け込んで思いを遂げた私への。

処女を捧げた相手は目の前のレヴィアスだ。けれど、それを伝えずになかったことにしたのはセルレイナ自身だ。

身持ちが悪いと責められようが自業自得なのだ。

――もしあの朝、逃げずにレヴィアス様のそばにいたら、私たちはどうなっていたのかしら？

　こんな時なのにふと「もしも」を想像してしまう。

　彼を守るのではなく、罪の意識を分かち合うことを選択していたら——。

「ひゃぁ！」

　突然近づいてきたレヴィアスに胸の頂を指ではじかれて、セルレイナの口から悲鳴が上がった。

「何を考えていた？　この一年、君の身体に溺れてきた男たちのことか？」

「ち、違っ……んんっ」

　今度は左胸の先端を指で摘まれ、ぐりぐりと捏ねられる。そのたびに下腹部にツキンと痛みにも似た疼きが走る。

「ここをこんなに尖らせて説得力がないな」

「や、あ、ぁあ」

　じんじんと胸の先端が疼いて仕方なかった。やや乱暴に弄られるたびに、下腹部に熱が溜まっていく。

　今や完全に立ち上がった胸の飾りは、レヴィアスの手の中でこれでもかと彼女の欲望を主張していた。

——ああ、だめ、だめなの……！

一年前のあの夜のことを身体が勝手に思い出し、どんどん官能の花が開いていくようだ。セルレイナはどうにか身体を鎮めようとしたが、むしろますます欲望に熱くなるだけだった。

——こんなはしたない身体、レヴィアス様に見られたくないのに……。

指の動きに合わせて無意識のうちに腰が揺れてしまう。情けない己の身体に、涙で視界が滲んだ。

「あ、んっ、くぅ、ふ、んん」

「未婚のくせに、イヤらしい身体だ。この身体であの男もたらしこんだのか？」

——あの男というのは一体誰だろう？

声に出さなくても、セルレイナの言いたいことが分かったのか、レヴィアスは面白くなさそうに答えた。

「あの男だ。君の従兄のローランド・ディンゼル。それに国務大臣の補佐官をしているケイン・マックローネだったかな。君に張り付いている崇拝者だ」

——違う、二人とはなんでもない。

そう答えたいのに、胸の先端をぐいっと引っ張られて声が喉に詰まる。

レヴィアスはセルレイナの唇をまるで食いつかんばかりに奪った。

「んんっ！　ん、ふ、っぁ、んっ……」

唇を強引に割って入ってきた舌に、口腔を蹂躙される。あの夜のような優しさは感じられなかった。けれど、そんなふうに扱われているのに、セルレイナの身体は反応してしまう。

愛液を滴らせながら陶然と受け入れる。

どんなに憎まれようと、どんなに乱暴にされようと、セルレイナはやはりレヴィアスに恋をしていた。昔のように淡い想いではなく、女として彼を愛してしまったのだ。

「ふ、ぁ……」

長く続いたキスがようやく終わった時にはセルレイナは息も絶え絶えだった。口の端からはどちらのものともつかない唾液が零れて、緑色の目はぼんやりと濁っている。

「ふっ。いい表情《かお》だ、セルレイナ」

口の端を上げながら、さんざんいたぶった胸の先端から手を放したレヴィアスは、今度はその手を下に滑らせた。

「次の検査はこの中だ。女の間者の中にはここに物を入れて運ぶ者もいるからしっかり調べなくてはな」

「あっ、あ、や、ああっ！」

両脚の付け根のぬかるみに指が差し込まれた。指は正確にセルレイナの蜜壺を捕らえて、ずぶずぶと中に入り込んでいく。折り曲げられた指が、セルレイナの敏感な場所を掠めた。

「あっ、ああっ」

ビクンと、セルレイナの身体が大きく揺れた。

「やぁ、そこは、だめ、あ、ああっ」

一年前に肉体関係を結んだことをレヴィアスは覚えていないはずなのに、彼の指は的確にセルレイナの弱い部分を責め立てて、彼女を嬲《なぶ》っていく。

「あ、ん、や、ぁ、あっ」

「すんなり入るじゃないか」

「あ、あっ……」

敏感な花芽に親指を当て、くりくりと撫でられる。強烈な快感にセルレイナの足がガクガクと震えた。

――だめっ、立っていられない……！

「あ、あああああっ」

指で中を犯されながら蕾《つぼみ》を弄られて、同時に敏感な部分を刺激されたセルレイナは、濡れた唇から甘い悲鳴を上げる。と同時にガクンと膝が折れて、自分を支えられなくなった。セルレイナは床に両手をつき、そのまま絶頂の余韻に震える。

「あっ、はぁ、あ、ん、くっ、は……」

「到底処女の反応ではないな。一体、君の身体に快楽を植えつけたのは誰なのか。洗いざらい話をすれば情状酌量されるかもしれないぞ」

びくんびくんと痙攣《けいれん》するセルレイナの身体を見下ろすレヴィアスは愉悦の笑みを浮かべながらも、とても冷ややかだった。なのに、目の奥では激情の炎が燃えている。

ようやく絶頂の波が収まり、我に返ったセルレイナは、悔しさと悲しみに涙を零した。簡単に欲望に屈してしまう自分が憎かった。

「っ……！」

――私の純潔を奪ったのはあなたなのに！　この身体はあなたしか知らないのに！

そう言いたくてたまらない。けれど、それは決して言ってはならないことだ。知られてしまえば、レヴィアスの弱みに付け込んだ己の醜《みにく》い心が彼に知られてしまう。

セルレイナは唇をぎゅっと噛みしめて、溢れ出そうになる慟哭《どうこく》を押し殺した。

それから涙を拭《ぬぐ》い、シュミーズを手繰り寄せると、身体に当てて胸や秘部を隠しながら、レヴィアスを見上げた。

「……検査は終わりました。これで潔白の証明はすんだはずです」

王宮に帰らせてください――そう告げるはずだった言葉は最後まで言えなかった。レヴィアスがセルレイナの身体からシュミーズを取り上げたからだ。

「誰が終わったと言った？　君は何も話していないじゃないか」

「レヴィアス様……？」

「検査はまだこれからだ。やはり指では奥には届かなかった。それでは検査にならないだろう？」

「なっ……」

絶句していると、レヴィアスはセルレイナを抱き上げ、部屋の隅に向かった。よくよく見ればそこにはもう一つ小さな扉があって、続き部屋になっているようだった。

扉を開けると、大きな天蓋付きのベッドが鎮座《ちんざ》していた。以前、どこかで見たことのあるベッドだった。

「……一体、ここで何を……」

震える声で尋ねると、レヴィアスはにやりと笑い、わざとらしく言った。

「膣の奥まで指が届かないから、別の方法で調べるしかない。それもこれも君が強情を張るからだ」

「別の、方法……」

ようやくその別の方法が何なのか……レヴィアスがこれから何をするつもりなのかを悟る。

――レヴィアス様は私を抱くつもりなんだわ、ここで……。

そしてこのベッドを以前どこで見たのかもはっきり思い出した。王都にあるリステイン公爵邸のレヴィアスの部屋にあったベッドだ。

もちろん同じものではないようだが、大きさといい天蓋から垂れ下がる重厚なカーテンといい、四柱に掘られた彫刻といい、あの時レヴィアスと抱き合ったベッドとよく似ていた。

するとやはりここは軍の施設ではなく、リステイン公爵家の別荘なのだろう。

「奥の奥まで全部暴いてやろう」

レヴィアスはセルレイナをベッドに下ろすと、服を脱ぎ始めた。やはりここに連れてきたのはセルレイナを抱くためだったのだ。

――レヴィアス様は私に決して好意があるわけじゃない。それなのに、私を抱こうとするのは……。

――私が、お姉様の妹、だから。私とお姉様は髪の色はまったく違うけれど、顔のつくりは姉妹だけあって似ている。

セルレイナの中にナディーンの面影を見いだしてもおかしくない。

――一年前、お姉様はレヴィアス様を裏切って男と逃げ出した。戦争に行くために追いかけることができなかったのは、きっとレヴィアス様にとって悔しいことだったに違いないわ。

男として屈辱を味わったレヴィアスが、ナディーンの妹であるセルレイナに元妻の代役として憎しみを抱くようになるのも当然の流れかもしれない。

――ああ、でもこの方は決してそんなことをする人ではなかったのに！

誰よりも高潔で、公明正大な人だった。でもそれを変えてしまったのは、おそらくナディーンによる裏切り。

――きっとこれが私に与えられた罰なのだわ。

胸がギュッと締めつけられるように痛みを訴える。そんな資格などないのに。

レヴィアスは次々と服を脱いでいく。セルレイナはそれを見て恥ずかしそうに目を逸らす。

そんなセルレイナを見てレヴィアスは忍び笑いを漏らした。

「恥じらう演技か？」

「ち、違います、演技なんかじゃ……」

ついレヴィアスの方を見てしまい、セルレイナの言葉が止まった。

そこには見事なまでのひきしまった身体があった。軍人らしい力強い肉体。適度に筋肉があって、均整の取れた、美しい肉体美を持った上半身だった。

セルレイナはごくりと喉を鳴らした。

上を全部脱ぎ終えたレヴィアスの手がトラウザーズの縁《ふち》にかかった。押し下げると同時に窮屈そうに押し込められていたそれが勢いよく飛び出してくる。

力強い肉体に見合った、力強い性器だった。長くて太く、お腹につきそうなくらいに反り返っている。竿の部分には血管が浮き上がり、先端はテラテラと濡れていた。

セルレイナは魅了されたようにレヴィアスの屹立を見つめる。

唇がカサカサに乾く。下腹部がかぁっと熱くなった。

すぐ我に返って視線を逸らしたが、残像が目に焼き付いて消えてくれない。

――ああ、これから私はレヴィアス様に抱かれて、あれを受け入れるんだわ。

一年前のことを思い出し、勝手に身体が準備を始める――男を受け入れる準備を。

だめなのに、心とは裏腹に身体は熱くなっていった。

「身体は正直なのにな」

すべて脱ぎ終えたレヴィアスはベッドに上がり、とっさに反対側に逃げようとしたセルレイナの腰を掴んだ。

「あっ、だめっ」

「何がだめなものか。ここをこんなに濡らしておいて」

レヴィアスはセルレイナの腰を片手で抱えると、お尻側の方から脚の付け根の割れ目に指を突き立てた。

「あっ……」

どれほど濡れているか知らしめるように、わざとぐじゅぐじゅと大きく音を立てながら指を出し入れする。

「あっ、あ、んン」

たちまちセルレイナの身体から力が抜けて、無抵抗になった。セルレイナは蜜壺をかき混ぜる指の動きに翻弄《ほんろう》され、身体を震わせる。

「ん、ああ、はぁ、あ、ん、くっ」

「ほんの少し弄っただけなのに、もうすっかり準備ができているな」

「い、言わないで、ください……」

そんなことは自分が一番よく分かっている。一年経ってもまだこの身体はレヴィアスを忘れてはいないのだ。彼に抱かれたくてたまらないのだ。子宮に子種を受け入れたくて仕方ないのだ。

――抱いて、お義兄様……いえ、レヴィアス様。私が壊れるくらいに。ああ、いっそ壊れてしまえば……。

「あっ、んっ」

レヴィアスはセルレイナの蜜壺から指を引き抜く。その感触にさえ感じてしまい、小さな喘ぎ声を漏らしたセルレイナを、レヴィアスはうつぶせに下ろし、腰を持ち上げた。

「あっ……」

お尻を高く上げて、レヴィアスに突き出すような体勢にさせられたセルレイナは羞恥のあまり顔を赤くする。とっさに両手をベッドについて身体を支えたが、それは奇《く》しくも獣のような四つん這いの体勢だった。

「ああ、本当にいやらしい身体だな。私に犯されるために作られたような身体だ」

くすくす笑いながらレヴィアスはセルレイナの白くて柔らかなお尻を撫でまわす。セルレイナはぶるっと震えた。けれどそれは怖いからではなく、期待のためだった。

一年前、ベッドで抱き合った時にこの体位は経験している。後ろから貫かれた時の感触も身体が覚えていて、どうしても期待してしまうのだ。

レヴィアスは己の猛った肉棒をセルレイナの割れ目に押し当てる。

「セルレイナ。これは罰だ。忘れるなと言ったのに、何もなかったことにしようとした君への――」

「え？　今、なんて……」

けれどさっきまで膣を犯していた指より太くて硬いものを蜜口に押しつけられて、セルレイナは頭の中に浮かんだ疑問を忘れてしまった。

「ふっ……あ……」

しとどに濡れた秘裂にゆっくりと先端が埋められていく。そのじれったい動きに思わずセルレイナが腰を突き出そうとした時のことだった。

ぴたりと動きを止めたレヴィアスが告げた。

「ああ、そういえば言ってなかったな。私はな、セルレイナ。君をとても憎んでいるんだ」

「――！」

心が絶望に塗り替えられた次の瞬間、レヴィアスは細い腰をがっしりと両手で摑んだと同時に後ろから一気にセルレイナを貫いた。

「ああああああ！」

悲鳴にも似た声がセルレイナの口からほとばしる。

「そうだ、その声だ。絶望しようが怒りを覚えようが憎しみを抱こうが、私のことしか考えられない、私から離れていけない、そんな君が見たかった……！」

ズンズンと激しく腰を打ちつけながらレヴィアスが吼《ほ》えた。

「ああっ、ああっ、あああああ」

指とは太さも質量も違う肉棒を久しぶりに受け入れたセルレイナの蜜壺は、最初は拒んでいたが瞬く間にレヴィアスの楔を受け入れ、彼の形に沿っていく。

激しく奥を穿《うが》たれ、強烈な快感が背筋を走り抜けた。

「あんっ、あ、ん、あ、んんっ」

心が軋み、悲鳴を上げる。その一方で、身体は待ち望んでいたものを受け入れる悦びに震えていた。

セルレイナの目から涙が溢れて零れ落ちていく。

「あっ、そ、んなに、私を、憎んでいる、のですか……っ、あ、はぁ、ん」

「ああ、そうだ。君が憎いよ、私をただの男に引きずり下ろした君が！」

――やっぱりそう、私はレヴィアス様に憎まれていたのだわ……。

改めて言葉にされて、セルレイナは傷ついた。傷ついたのに、身体はまったく違う反応を示す。

激しく打ちつけられ、その深さに慄《おのの》くものの、身体は快楽を貪り続けた。膣壁は隘路を埋め尽くす太い楔に絡みついて、放そうとしない。繋がった場所からは絶えず蜜が溢れ、脚を伝ってシーツに零れ落ちていく。

そのどの反応も、セルレイナがレヴィアスとの交わりにこの上なく快感を覚えていることを物語っていた。

「んぁ、あ、ん、ぁ、はぁ、あ」

――ああ、だめ、頭がおかしくなる。何も考えられなくなっていく。

「くっ、あの時、ナディーンを捕まえておけばよかった！　それを怠《おこた》ったばかりに……。あっ、くっ、セルレイナ、セルレイナ……！」

ナディーンとセルレイナの名前を呼びながらレヴィアスが柔らかい肉体を犯す。

「あっ、あ、ああ、ああ、レヴィアス様っ！」

奥を穿たれ、揺さぶられてセルレイナは悦びとも哀しみともつかない涙を流し続けた。あるいはそれは単なる生理的なものだったのかもしれない。

――気持ちいい、気持ちいい……！

肉体から得られる快楽しかこの時のセルレイナは感じなかった。レヴィアスに憎まれて

いることも、どうでもよくなっていた。

――私には、これだけ。得られるのは、これだけ……。

「あっ、はぁ、んん、っ、あ、は……」

その頃にはセルレイナは自分を支えることができなくなり、顔をシーツに押しつけ、お尻だけを高く上げてレヴィアスを受け止めていた。

――奥、ぐりぐりされるのが気持ちいい。

――お尻にレヴィアス様の腰が当たるのが気持ちいい。

――レヴィアス様の嵩の太い部分で、中が擦られるのが気持ちいい。

「ああぁっ、イク、レヴィアス様、私イキます……！」

甲高い声を出してセルレイナは何度目かの絶頂に達する。それから少し遅れてようやくレヴィアスが達しようとしていた。

「あっ、くっ、セルレイナ……！」

セルレイナの膣道を埋め尽くすレヴィアスの楔は大きく膨らみ、今にもはじけそうだ。

「私も、イク。全部受け止めろ……くっ……」

セルレイナの身体にぴったりと折り重なったレヴィアスが苦しそうに喘ぐ。

「は、い……！」

その言葉に促されるように一際腰を強く押しつけて、レヴィアスが熱い飛沫をセルレイナの中にぶちまけた。子種がセルレイナの胎内を満たしていく。

「あっ、あああ、ああ！」

一年ぶりに子宮で味わう白濁の感触だった。収まりかけていた官能が再び高まり、セルレイナはまたもや絶頂に達する。

「あああ——！」

ぎゅっとシーツを握り締めながら甘い悲鳴を上げた。媚肉が蠢き、レヴィアスの楔に絡みついてさらなる射精を促す。

「……はぁ、はぁ……」

すべてをセルレイナの中に放ったレヴィアスは荒い息を吐いた。彼の下で横たわるセルレイナの身体は小刻みに震えており、今しがた達したばかりの頂点からなかなか帰ってこられないでいる。

レヴィアスはセルレイナの上から身体をどかすと、彼女をそっと仰向けにした。セルレイナの見開いたままの緑色の瞳の焦点は合っておらず、身体は小刻みに痙攣している。唾液の零れた跡の残る口元は微かに微笑んでいて、彼女が感じた悦楽がどれほどのものだったのかを物語っていた。

無垢でありながら淫靡な姿を晒すセルレイナの耳に、レヴィアスはそっと囁いた。

「これからは毎日のように検査をする。君に拒否権はない。君は……私の、私だけの虜囚だ」

やや遅れて微かに正気を取り戻したセルレイナが頷く。レヴィアスの言ったことを完全には理解できていなかったが、理解できていたとしてもどのみちセルレイナには拒否することができなかっただろう。

もうすでにセルレイナの心は折れて、身体はとうにレヴィアスに屈しているのだから。

――私はお姉様の身代わり。レヴィアス様はお姉様に対する劣情を、怒りをぶつけているだけ。でもそれでいいの。

セルレイナにできるのはレヴィアスの劣情をこの肉体で受け止めることだけなのだから。そのために、ここに連れてこられたのだから。

「しばらく休むといい。君が眠るまで私がついている」

レヴィアスはそう言うと、セルレイナを抱き寄せてむき出しになった背中を撫でた。その手つきは優しく、ほんの少し前までセルレイナを激しく犯していた男とはまるで別人のようだった。

急に悲しい気持ちになって、セルレイナはぎゅっと目を閉じた。

――私は単なる身代わりで性のはけ口に過ぎないのだから、これ以上好きになってはいけない。

これはほんの一時のこと。レヴィアスとセルレイナの道は分かたれていて、この先にあるのは別れだけなのだから。

だから。背中を撫でる手が優しいのは、きっと気のせいなのだ。

＊＊＊

「リステイン将軍！　セルレイナをどこへ連れて行ったのですか？　彼女は何もしていません！　今すぐ解放してください」

王宮の廊下を移動中、ばったり出くわしたローランド・ディンゼルに追いすがられるように言われて、レヴィアスは不快そうに眉を上げた。

「ディンゼル子爵。何か誤解があるようだな。我々は彼女を軟禁しているわけではない。保護しているんだ」

冷たいレヴィアスの口調に、普通の貴族だったら怯んだだろう。けれど、ローランドは引かなかった。

「あなたはブロードア伯爵家とはもう無関係の人間です。セルレイナを保護するなら従兄である僕がするべきだ。今すぐ返してください」

「独身の君の家に未婚のセルレイナ嬢を送るわけにはいかないな」

レヴィアスは鼻で笑った。

「それに勘違いをしてもらっては困るな。私はこの件を捜査する責任者として彼女を保護しているだけだ。それに君はセルレイナ嬢のことばかり口にするが、保護対象はブロードア伯爵家の全員だ。君も聞いているだろう。ブロードア伯爵邸が二度にわたって放火され、その跡地で不審な人物が目撃されていることを。君のように一介の書記官では守ることは無理だろう」

「しかしっ」

なおも何かを言おうとするローランドを無視してレヴィアスは続ける。

「それに、セルレイナ嬢を君が保護することにジルファン侯爵家は賛成しているのか？ 違うだろう？ それどころかブロードア伯爵家に関わることを禁じられているはずだ」

「そっ、それは……」

ローランドは言いよどんだ。ジルファン侯爵家は彼の婚約者の家だ。来年、ジルファン侯爵家に婿入りすることが決まっているローランドは、侯爵家の意向を無視することができないのだ。

「だったら口出しは無用だ」

レヴィアスと副官のリーズリーは、悔しそうに唇を噛みしめて廊下に立ちつくすローランドを置いて、さっさとその場を離れた。

「ふん。ジルファン侯爵に頭が上がらないくせに、よくもまぁ、セルレイナを保護するなどと言えたものだ」

戦争に行っている間もセルレイナの動向を調べさせていたレヴィアスは、セルレイナがブロードア伯爵家を出てローランドのところに身を寄せたものの、一週間で出て行った理由を知っていた。

ジルファン侯爵家の令嬢――つまりローランドの婚約者から出て行けと言われたのだ。

元々家庭教師の働き口が見つかればセルレイナはローランドの家を出るつもりだったらしいが、ジルファン侯爵令嬢に未婚の女性を居候させたらローランドの名誉に傷がつくと言われて、予定より早く出て行かざるを得なかったというのが真相だ。

優しいセルレイナは追い出されたとは思っていないだろうが、実家を出るようにさせておいて、婚約者の意向を汲んで一週間で放逐したローランドをレヴィアスは許せなかった。

「閣下はセルレイナ様だけではなく、ブロードア伯爵夫妻も保護しているのに、ローランドは見事なほど夫妻のことを無視していましたね」

　リーズリーが感心したような口調で言った。

「興味がないいんだろうさ。ところでリーズリー、そのブロードア伯爵夫妻はどうしている？」

「家財を一切失ってがっくりしていましたが、特に健康上の問題はありませんね。あ、そういえばブロードア伯爵夫妻は閣下がセルレイナ様も保護していることを知って、娘にとても会いたがっていましたよ。どうなさいますか？」

　しばし思案した後、レヴィアスは口を開いた。

「まだ会わせるわけにはいかないな。時機が来れば会わせることもやぶさかではないが、今はまだその時じゃない。セルレイナに私以外に縋る相手は必要ない」

　執着のこもった声でそう告げると、レヴィアスはさっそうとした足取りで歩きだした。

第5章　不穏な足音

「セルレイナ様、おはようございます。支度をお手伝いいたしましょう」

「セルレイナ様、朝食をお持ちしました」

セルレイナの朝は侍女たちのこんな言葉から始まる。侍女が用意したシュミーズドレスを身に着けて、別の侍女が運んできた朝食を食べる。

彼女たちは親切で、とても丁寧にセルレイナに接してくれているが、ある一定の線は決して越えてこない。彼女たちにとってセルレイナはあくまで主《あるじ》に命じられて世話をしている客人なのだろう。

この別荘に兵士以外にも侍女がいると知ったのは、ここに連れてこられた次の日のことだった。

『君の世話をする侍女たちだ。何か欲しいものがあれば彼女たちが用意する』

それ以来、セルレイナの日々は彼女たちによって管理されている。

「セルレイナ様、朝食の後はお薬の時間です。どうぞお飲みください」

半分以上手つかずのままの朝食を下げた侍女が次に持ってきたのは、銀色の小さな皿に載せられた薬袋だった。

「……分かったわ」

薬袋を受け取ると、セルレイナは侍女が用意した水で粉薬を飲み下した。

セルレイナが毎朝飲んでいるのは避妊薬だ。これを朝飲んでおけばいくらレヴィアスがセルレイナの胎内に子種を放とうと実がなることはないのだという。

ただし、毎日服用しなければならないらしく、侍女はセルレイナが飲むのを確認するまで決して出て行こうとはしない。

飲み終わった水を返すと、侍女は受け取りながら尋ねた。

「今日はどうされますか、セルレイナ様。気分転換にお庭を散歩されますか？」

少し考えて、セルレイナは首を横に振った。

「いいえ。今日はいいわ。昨日書斎で選んだ本の続きを読むつもりよ」

「左様でございますか。それでは後ほど、お茶と軽く摘まめるお菓子をお持ちしますね」

「ありがとう、よろしくね」

侍女はスカートを摘まんで頭を下げると、水と薬袋を手に部屋から出て行った。

「……はぁ……」

ソファに腰を下ろし、セルレイナは深いため息を漏らす。

彼女がこの別荘に連れてこられて半月が経っていた。侍女たちが言うには、この別荘は軍のものではなくリステイン公爵家所有のものらしい。そして彼女たちもまた、リステイン公爵家に雇われた侍女だという。

ここにいるのは侍女たちだけではない。あまり姿は見えないが下働きもいるようだし、それ以上に兵士の姿も多い。セルレイナ一人を逃がさないためだけに、物々しい警備が敷かれている。

──私は逃げようともしていないのに。

いくら言ってもレヴィアスはこの厳重な警備を少しも解こうとはしない。それだけ信用されていないということだろう。

──どこに行っても監視されているようで、息が詰まるわ。

この部屋にいる時以外、セルレイナのそばには常に誰かがいて見張っている。自然と部屋の外に出る機会は減り、気鬱《きうつ》もますます溜まっていくのだった。

――アデラ殿下はどうしているかしら？　ローランドお兄様も心配しているでしょうね。

一人になると気になるのはそのことだった。レヴィアスは心配ないと言っているが、果たしてセルレイナのことはどう説明しているのだろうか。

――すぐに戻れると思ったのに、もう半月もここにいるわ。私はいつ王宮に戻れるのかしら……。

侍女に聞いても「存じません」の一点張りで答えてはくれない。どうやらセルレイナに余計なことは教えるなと命令されているらしい。彼女たちに尋ねて答えが返ってくるのは当たり障りのないことだけだった。

もちろん、レヴィアス自身もセルレイナの質問に答える気はないようだ。

レヴィアスは別荘《ここ》と王宮を行ったり来たりしている。レヴィアスが王宮に行っている間は彼の副官のリーズリーが別荘にいて指揮を執っている。

リーズリーとは、別荘に連れてこられた初日以来会話をしていないが、侍女たちによれば、彼はレヴィアスの副官としても有能で、優秀な軍人でもあるらしい。

――彼に聞いてもきっと答えてくれないわよね。

結局、セルレイナはレヴィアスが解放してくれるまでここにいなければならない運命のようだ。

――レヴィアス様が私に飽きるまでは、ね。

レヴィアスの言うセルレイナの「検査」はまだ続いていた。レヴィアスは別荘にやってくると必ずセルレイナのもとを訪れて「検査」をする。昼でも夜でもお構いなしに。

そしてセルレイナはレヴィアスに逆らえない。彼の望む通りにこの身体を差し出し、レヴィアスの欲望を受け止める。セルレイナのためにとレヴィアスの用意した服が脱がしやすいシュミーズドレスばかりなのは、そういう意図があるからなのだろう。

いつでもどこでもレヴィアスの求めに応じることができるように。

まるで娼婦のようだと自分でも思う。けれど、決して無理やり従わされているわけではない。

別荘に来たばかりの頃は確かに抵抗があった。「検査」は嫌だと拒否したこともある。けれど、レヴィアスに触れられるだけでセルレイナの身体は疼き、結局応じてしまうのだ。

セルレイナは抵抗をやめた。良心の呵責《かしゃく》にも耳を塞ぎ、背徳の悦びに身体を震わせる。

そんな女になってしまった。いや、そんな女にされたのだ。レヴィアスの手で。

――レヴィアス様……。

彼のことを思うだけで、胸の先端は硬くなり、胎内から愛液が染み出してくる。

『君は何も考えなくていい。何も考えずに私の下で啼《な》いていればいい』

囁かれる言葉が毒のようにセルレイナを侵していき、しまいには支配してしまった。

この関係の先に未来などないと分かっているのに、だめだと思うのに、身体は堕ちていく。堕ちた身体に心までもが引きずられていった。

今のセルレイナに、姉の元夫と契ってしまうことに対する忌避感はない。愛してはいけない人と肌を合わせる背徳感すら悦びに変換されていく。

──レヴィアス様、昨夜は戻られなかったわ。お仕事が忙しいのでしょうけれど……。

毎日愛されている身体は、物足りないと欲望を訴えてくる。

「レヴィアス様……」

呟いた時だった。廊下からカツカツという足音が響いてくるのを耳にして、セルレイナは思わずソファから立ち上がった。

少し早めのリズムを刻むあの足音は間違いない、レヴィアスだ。

扉が開き、待ち望んでいた人が入ってくる。

「レヴィアス様」

姿を見るだけで、きゅんと胸と下腹部が疼いた。シュミーズドレスの内側で胸の先端が硬くなり、熱を帯びていくのが分かる。

「セルレイナ。昨晩は戻れなくてすまなかった」

セルレイナが抵抗を諦め、すっかり従順になってからは、レヴィアスが彼女を憎んでいるような言動は少なくなった。

「いいえ、レヴィアス様。こうして会いに来てくださるだけで……」

本音を言えばそれだけでは足りない。抱きしめて欲しいしキスもして欲しい。胸も吸って欲しいし、レヴィアスのたくましい肉槍を胎内で受け止めたい。

――ああ。私はすっかり淫乱になってしまった。レヴィアス様の言う通り。快楽に弱くて刹那的で肉欲に溺れる愚かな女なのだわ。

自己卑下はそこまでしか続かなかった。レヴィアスが淫靡な笑みを浮かべてセルレイナに手を差し伸べたからだ。

「おいで、セルレイナ。『検査』の時間だ」

「……はい」

セルレイナの顔にうっとりした笑みが浮かぶ。導かれるままレヴィアスのもとへ行き、その手を取る。

とろりと、胎内から愛液が滴り落ちていった。

「あっ……ん、ふ、ぁ……ん」

窓から陽射しが入る明るい客間のソファの上で、全裸姿のセルレイナがレヴィアスの膝の上に向かい合わせに座り、腰を動かしている。

一糸纏わぬセルレイナに対してレヴィアスは服を着たままだ。

上着こそ脱いでいるが、首元まできっちりボタンの留められたシャツに身を包んだレヴィアスの上で、白い裸体が躍っている。それはとても扇情的な光景だった。

レヴィアスが唯一むき出しになっているものはトラウザーズから取り出した怒張だけだ。それもすぐにセルレイナの真っ赤に充血した女陰の中に埋もれていく。

「あっ、あ、ああ！　レヴィアス様」

レヴィアスの首に腕を回し、腰をくねらせながら、セルレイナは身を落として蜜壺の中に剛直を受け入れていった。自分の重みで深くまで潜り込んだレヴィアスの楔が、セルレイナの最奥を叩く。得も言われぬ快感が背筋を駆け上がり、セルレイナは一層強くレヴィアスに縋った。

「んぁ、あ、はぁ、あ、奥、気持ち、いい……」

「気持ちいいか、セルレイナ？」

「はいっ、あ、気持ちいい、あ、はぁ、あん」

尖った胸の先をレヴィアスの胸に擦り合わせる。シャツ越しに感じる新たな刺激にセルレイナの膣がキュンと疼いてレヴィアスの楔を熱く締めつけた。

「この、小悪魔め……」

小さく呻いたレヴィアスは、お返しとばかりに柔らかな白いお尻の肉をがっしり摑み、セルレイナの腰を前後に大きく揺すった。

「あ、あああああ！」

自分の重さとレヴィアスの動きのせいで太い嵩の部分で最奥を擦られることになったセルレイナは、背中を反らして甘い悲鳴を上げる。

「ああっ、レヴィアス様、イク！　イッちゃう……！」

ピタッとレヴィアスの動きが止まった。

「だめだ。我慢しろ。一緒にイキたいと言ったのは君だぞ」

「ごめんなさい、我慢、できなくて……」

はふはふと浅い息を吐きながらセルレイナは震える手でレヴィアスの両頬を挟んだ。

「キス、してください」

ふっとレヴィアスの口元に笑みが浮かんだ。

「君は下の口を犯されながら上の口でキスをするのが好きだな。そんなに私と繫がっていたいのか？」

「繋がっていたい、です。キスして、お願い、レヴィアス様」

「いいとも。ほら、舌を出せ」

「ん……」

舌を出してレヴィアスの口元に差し出す。するとレヴィアスはセルレイナの舌ごと食らいつくように激しいキスをした。

「んんっ、う、んぅ……ん、ンン」

舌を絡ませ、唾液を交換し合う。レヴィアスはセルレイナの咥内を犯すのと同じリズムで彼女の膣を突き上げた。

「んんんっ――――！」

奥にガツンガツンと剛直の先がぶつかる。身体の奥からせり上がってくるものを感じて、なんとかそれをせき止めようと、セルレイナは下半身に力を入れる。媚肉がぎゅっと絞られて、中に埋められたレヴィアスの楔を熱く締めつけた。セルレイナの爪先から手の指先に至るまで細かな震えが走る。

「あ、くそっ……」

急激に締めつけられて煽られたレヴィアスは、顔を上げて歯を食いしばった。

「私も、そろそろ限界だ。よく頑張ったな、セルレイナ。一緒にイこう」

「は、はい、レヴィアス様、レヴィアス様ぁ」

頂上に向かって駆け上がるために、レヴィアスはセルレイナの腰にがっしりと腕を巻きつけると、がつがつと強く突き上げ始めた。セルレイナはレヴィアスの頭を抱きかかえながら、突き上げられるタイミングに合わせて腰をくねらせる。

もっと深く繋がるために。

――私を、壊して、レヴィアス様……。

激しく上下に揺さぶられて、セルレイナの銅色の髪が躍る。

「あっ、イク、レヴィアス様、イクッ……！」

悲鳴にも似たセルレイナの声が、彼女が限界に近いことを示していた。

「レヴィアス様、レヴィアス様……！」

「中に出すぞ。零すなよ。全部受け止めろ」

「は、はい……ん、あ、はぁ、ん！」

目の前がチカチカした。白い波がせり上がり、セルレイナに襲いかかる。

「あ、ああああ――！」

部屋中に嬌声を響かせて、セルレイナは絶頂に達した。それから一瞬だけ遅れてレヴィアスも続く。

奥深くに埋められたレヴィアスの肉棒から熱い飛沫が噴き上がった。勢いよく吐き出された白濁は快感のために下りてきていたセルレイナの子宮を満たしていく。

「あ、あああっ、ああ！」

子宮が子種に満たされていく何とも言えない高揚感に、セルレイナの口元にうっとりとした笑みが浮かんだ。

ドクドクと注ぎ込まれる白濁を、セルレイナの胎内は余すところなく呑み込んでいく。

……けれど、この情事が実を結ぶことはない。レヴィアスは毎朝必ずセルレイナに避妊薬を飲ませているのだから、子どもができるはずがないのだ。

──レヴィアス様が私との子どもなど欲しがるわけはないものね……。

絶頂の余韻が少し冷め、冷静になった頭の奥でセルレイナはそのことを悲しく思った。

──この行為に意味はあるのかしら？　いいえ、あるわけがない。これは単に彼の欲を解消するためだけの行為なのだから。

レヴィアスの心はきっと今もナディーンのもとにある。結婚式であんなに幸せそうに微笑み合っていた二人だ。愛しているからこそ彼は怒りを覚えて、代用品のセルレイナを抱くのだ。

「セルレイナ……」

「んっ……ふ、ん、ぁ……」

唇が合わさる。口腔に忍び込んできたレヴィアスの舌に自分の舌を絡ませながら、セルレイナは束の間の優しい時間に浸った。レヴィアスは激しくセルレイナを抱くし、時々意地悪く責め立てるが、終わった後は必ず優しくなる。

この時がセルレイナにとって一番幸せを感じる時間だった。

「ん……ふ、ぁ……」

角度を変えて何度も繰り返されるキスに、一度は収まった欲望が次第に頭をもたげてくる。それはレヴィアスも同じだったようで、セルレイナの蜜壷に埋められたままの楔がどんどん力を取り戻していく。

「レヴィアス様……」

恥ずかしそうに顔を伏せるセルレイナの額に、レヴィアスはキスを落とした。

「ベッドに移動しよう。セルレイナ。まだ足りない。君もそうだろう?」

「……は、い」

レヴィアスは真っ赤になって頷くセルレイナを抱き上げると、寝室に向かって歩き始めた。

＊＊＊

それからどれほど時間が経ったのか。

セルレイナが目を覚ますと、ベッドにはすでにレヴィアスの姿はなかった。もう王宮に戻ったのかもしれない。

ゆっくりと身を起こす。さんざんキスされた唇は腫れぼったくなっていて、下腹部には違和感も残っていた。情事の後はいつもそうだ。

けだるい身体に鞭打って、シーツでその身を隠しながら寝室を出ると、窓から明るい陽射しが差していた。思っていたほど時間は経っていなかったようだ。

セルレイナは床に散らばった下着やシュミーズドレスを拾い上げて身に着けると、一人用の椅子に腰を下ろした。ソファだと、先ほどの情事が思い出されて、落ち着かなくなりそうだった。少なくとも抱かれた記憶が鮮明な今は避けた方がいいかもしれない。

椅子の背もたれに背中を預け、セルレイナはぼうっと余韻に浸る。無意識に下腹部をさすってしまうのは、未だに胎内にレヴィアスの子種を残しているからだ。レヴィアスに言われるがますべてを子宮で受け止めたせいで、膣を伝って零れたのはほんの少しの量だった。あとは全部胎内にある。そのため、少し膨らんでいるような錯覚を覚えた。

――でもこの種が実を結ぶことはない。それを寂しいなんて思ってはだめね。今私がレヴィアス様の子どもを身ごもるわけにはいかないのだから。

どちらにとっても妊娠は不幸な結果にしかならない。セルレイナは姉の元夫を誘惑したと非難される。レヴィアスだって元妻の妹を孕ませたとなれば評判はがた落ちだ。

妊娠しないように処置するのは当然のことだ。感謝こそすれ、セルレイナが不満を覚える理由はない。

……それなのに、どうしてこんなに胸が痛いのだろうか。

しばらくの間、お腹を撫で続けていたセルレイナは、胸の痛みを無視して立ち上がった。

――部屋に閉じこもっていると気鬱になるばかりね。曇っていた空も日が差してきたことだし、庭にでも行こうかしら。

セルレイナは善は急げとばかりに客室を出た。外に行くには侍女たちに付き添ってもらわなければならない。兵士でもいいが、男性ばかりに囲まれるのはさすがに遠慮したい。

呼び鈴を鳴らせば侍女たちはすぐに来てくれるが、身体を動かして気鬱を吹き飛ばしたかったセルレイナは、すぐ近くにある侍女の控え室に自分が足を運べばいいと考えた。

廊下に出て、侍女たちの控え室へ向かう。といっても、彼女たちの控え室はとても近い。

呼び鈴の音が届く距離なのだ。

近づくと扉が少しだけ開いていた。きっと何度も出入りしているうちに誰かが閉め忘れたのだろう。

セルレイナは扉の前に立ち、手を上げてノックしようとした。けれど、その手が扉に触れることはなかった。中にいた侍女たちの話の中に、よく知る名前を聞いてしまったからだ。

「ねぇ、あの噂知ってる？　ナディーン様のこと。出入りの業者の人が言っていたの」

「え？　ナディーン様って、あのナディーン様？」

驚いたような声を上げる侍女に、一番初めに口を開いた侍女が声を潜めた。

「そう、旦那様の元奥様。あの社交界の華と言われていたナディーン様を王都で見かけたという人がいるんですって」

「え？　確か、平民の男と駆け落ちしたのよね、ナディーン様って。で、国外に逃亡して、ご家族が捜しても見つからなかったとか。それが今さらなんでこの国に戻ってきているのかしら？」

「さぁ」

「旦那様はこのことは？」

「分からないわ。でも旦那様は将軍ですもの。そういう情報はすでに耳にしているかも……。あ、これはここだけの話よ。セルレイナ様には聞かせられないわ。セルレイナ様はナディーン様のせいで、さんざん苦労をしたという話ですもの」

「分かっているわ。内緒ね」

セルレイナは呆然としながらもその場を離れて部屋に戻った。もう庭を散策する気はすっかり失せていた。

客室に戻ると、セルレイナはふらふらと寝室に向かい、まだレヴィアスの残り香のするシーツに横たわって身体を丸めた。

――お姉様がこの国に帰ってきている？　しかももう王都にいるの？

あまりにショックな話だった。

――お姉様は、一体何のために戻ってきたの？　自分が間者に情報を漏らしていたと疑われていることを知らないのかしら？

分からない。今この時期に王都に戻ってきたナディーンの考えていることなど分かるはずもない。けれど、思い当たる節《ふし》がないわけではない。

一年間音沙汰がなかったナディーンが、レヴィアスが戦地から帰ってきたとたんに姿を現したのは決して偶然ではないだろう。

もしナディーンの目的がレヴィアスと復縁するためだったとしたら……？

だとしたらレヴィアスはどうするつもりなのだろうか。あれほど腹を立てていたレヴィアスが簡単に許すとも思えないが、恋心が複雑であるということは誰よりもセルレイナ自身がよく知っている。

どんなに酷いことをされようと、娼婦扱いされようと、セルレイナはレヴィアスを愛していた。この想いは決して消えることがなかった。

だとしたら、レヴィアスは最終的にはナディーンを許して受け入れてしまうかもしれない。元々二人の結婚はレヴィアスがナディーンを見初めたからだ。最初は戸惑っていたナディーンもそのうち惹かれていったようだが、強く愛していたのはレヴィアスの方だった。

そのナディーンが戻って復縁を迫ったら……。

「……ああ、いや、いや……！」

想像しただけで辛くなり、セルレイナは両手で耳を塞いだ。

セルレイナはレヴィアスが自分を抱くのは姉の身代わり——駆け落ちして彼を捨てたナディーンへの怒りをぶつけるためなのだと思っている。もしナディーンが戻ってきたら、レヴィアスはセルレイナに対する興味を失い、見向きもしなくなるだろう。

「……そんなのは、いやっ……！」

ナディーンにレヴィアスを渡したくない。ナディーンは彼を捨てたのだ。どうして復縁など許せるだろうか。

——……でも、レヴィアス様が復縁を望むとすれば、私はこの想いを諦めなければならない。

「……バカね、私は。最初から叶うはずのない想いだと分かっていたはずよ。諦めなければならないだなんて、おこがましいにもほどがある」

どうやらレヴィアスと肉体関係を続けていくうちに、セルレイナは知らず知らずのうちに希望を抱いてしまっていたらしい。彼と結婚できるかもしれないという希望を。

でも、それは今日打ち砕かれてしまった。ナディーンが帰って来れば、二人の関係は終わる。

——ああ、どうして忘れてしまっていたのかしら？　私は罪を犯していたのに。お姉様のことで傷ついて酒に溺れていたレヴィアス様に付け込んで思いを遂げていた事実を、どうして忘れることができたのだろう？　どうして許されると思ってしまったのかしら？

「ふっ……」

自嘲の笑みが零れ、次に涙が溢れてきた。

自分たちの関係はそう遠くないうちに崩壊するだろう。

セルレイナはひたひたと忍び寄る破滅の足音を、確かに聞いたような気がした。

昼食も夕食もセルレイナは断って寝室に籠もった。けれど、このような精神状態では当然眠れるはずもなく、翌日、侍女たちが見たのは顔色もさえず寝不足のせいで目の縁を赤くしているセルレイナの姿だった。

「セルレイナ様、どうされたのですか？」

「具合が悪いのであれば、医者をお呼びしましょうか？」

気遣う侍女たちに、セルレイナは首を横に振った。

「大丈夫。しばらく寝ていれば、大丈……」

言いながらもセルレイナの瞳からは涙がぽろぽろと零れ落ちた。

——ああ、どうしてレヴィアス様はいないのかしら。もしかして二人はもう王都で……？

そんなふうに悪い方へ悪い方へと考えてしまい、セルレイナは不安に陥った。いつもなら心を落ち着かせてくれる本にもまったく興味を失くしてしまっている。

夜も眠れなくなり、突然涙を零すようになった。

いよいよ慌てた侍女たちは、別荘に逗留していたリーズリーに相談した。

リーズリーはセルレイナの様子を聞いて、王宮をなかなか離れられないレヴィアスを大至急呼び寄せることにした。

「本当に、何をやっているんでしょうね、あの方は。さっさとセルレイナ嬢に真実を話せばいいものを。何も言わないから彼女は不安に陥っているのに、まったく、こういうところは不器用なんだから……」

レヴィアスの事情も本音も何もかも知っているリーズリーは、深いため息をつくのだった。


その日の夜、三日ぶりにレヴィアスは別荘に戻ってきた。

ソファに座ってぼうっとしていたセルレイナは、聞き慣れた足音にハッと我に返った。

──レヴィアス様が戻ってこられた……！

「セルレイナ」

扉を開けて入ってきたレヴィアスはいつもと変わらなかった。セルレイナは思わず安堵の息を吐いた。きっとまだレヴィアスはナディーンと会ってはいないのだろう。

「おいで、セルレイナ」

レヴィアスがセルレイナに手を差し伸べる。きっといつものように「検査」と称して抱くのだろう。

セルレイナはレヴィアスのもとへふらふらと歩いていく。

いつもなら、レヴィアスはそうして近づいたセルレイナを抱き上げてベッドに運ぶか、時にはまるで辱めるようにその場で奪う。けれど、今日はなぜか彼の前までやってきたセルレイナを見て戸惑っているようだ。

「なぜ泣いている？」

「え……？」

そう問われて、ようやく自分が泣いていることにセルレイナは気づいた。手で頬に触れると指先が濡れる。

——いつの間に？　私、どうして泣いているの？

「何かあったのか？」

レヴィアスは眉をひそめて尋ねてくる。もちろん、何もない。いつもの通りだ。

「いいえ、何も……」

けれど、何もないはずなのに、涙が止まらなかった。

……違う、何もないなんて嘘だ。セルレイナの耳には確かに破滅の足音が聞こえるのだから。

――レヴィアス様。不安で不安でたまらないのです。もしお姉様が戻ってきたら、あなたはどうするのでしょうか？

離婚したとはいえ、一度は愛した女性だ。きっと平静ではいられないに違いない。セルレイナがナディーンに敵わないのは分かっている。もし彼女が復縁を望んだら、セルレイナはただの義妹に戻るしかない。

――本当に戻れるの？　今度は何もなかったようにはできないのに？

――私は一体どうなるのかしら？

――ねぇ、レヴィアス様。私は一体、あなたの何なのでしょうか……。

「泣くな」

レヴィアスはセルレイナを抱きしめた。

「頼むから、泣くな。君に泣かれるのは堪えるんだ」

少し狼狽えるような声。そのままレヴィアスはセルレイナの頭をぎゅっと胸に押しつけた。

――あ……レヴィアス様の鼓動が聞こえる。

いつもより少し速いかもしれない。セルレイナが泣いたりしたから驚いたのだろうか。

――大丈夫です。大丈夫……。

そう言って微笑んでみせればいい。そうしたらレヴィアスは安心していつもの通りにセルレイナを抱くだろう。

けれど、セルレイナの口からはどうしても大丈夫だという言葉が出てこなかった。新たな涙が零れてきて、それをごまかすように自分からレヴィアスの胸に顔を押しつける。

――ああ、レヴィアス様。私を放さないで。身体だけでもいいから、あなたのそばにいさせて欲しい。お姉様のもとへは帰らないで。

なんて自分は罪深いのだろうとつくづく思う。身体だけでもいいと言ったそばから貪欲になる。

――私は本当に罪深い。きっと神様はこんな私をお許しにならないに違いない。ああ、そうだわ。もしお姉様とレヴィアス様が復縁したなら、私は修道院に行くのがいいかもしれない。

修道院に入って二度と会えないようにすれば、きっとセルレイナは心から姉とレヴィアスの仲を祝福することができるようになるに違いない。

「……泣いている理由を言えないのか？」

「言えません……」

言えるわけがない。どんなにセルレイナが醜い感情を抱いているか、レヴィアスだけには知られたくないのだから。

「そうか……」

……それからどのくらい経っただろうか。ようやく顔を上げたセルレイナはレヴィアスに尋ねた。

「その、ベッドには行かないのですか？」

「たまにはこうしてただ抱き合っているのもいいだろう」

「……え？」

「君が泣きやむまで。……いや、もういいと言うまでこうしていよう」

「……はい」

その言葉に甘えて、セルレイナはレヴィアスの胸に頬を寄せ、涙が涸れるまで静かに泣き続けた。

ようやく泣きやむと、レヴィアスはセルレイナを抱き上げてベッドに運んだ。そのまま出て行くのかと思いきや、レヴィアスは自分もセルレイナと一緒に横になって、彼女の身体を抱き寄せる。

「レヴィアス様？」

「何も心配はいらない。全部私が引き受けるから。……だから、おやすみ、セルレイナ」

――引き受けるというのは何のことだろう？

尋ねたかったが、ここ数日の寝不足のためか、セルレイナの意識は急速に闇のベールに覆われていく。

眠りに落ちていく刹那、セルレイナはレヴィアスの声が聞こえた気がした。

「すまない、セルレイナ。愛する君。もう……二度と君を傷つけないと誓う」

――ああ、これはきっと夢ね。レヴィアス様が私に「愛する君」なんて言うはずがないのだから。

そこまで考えたのを最後に、セルレイナは深い眠りに落ちていった。

＊＊＊

レヴィアスは涙の跡の残るセルレイナの頬をそっと撫でた。不思議なことに、この一年、ずっと彼を苛んできた苛立ちは跡形もなく消え去っていた。

「……私は愚かだな。大切な君を苦しませることしかしてこなかった」

あの夜のことをなかったことにしたセルレイナに罰を与える――そんな思いで彼女を保護する形で軟禁し、その身体を貪ってきた。だが、冷静になってみれば、感情を抑えきれずただ八つ当たりをしていただけなのだと今では分かる。

――まるで子どもだな、私は。

国にこの剣と命を捧げると決めてから、レヴィアスはずっと自分を律して生きていた。感情に流されず、己の信念を貫き通してきた。その彼が生まれて初めて感情を揺さぶられた相手。それがセルレイナだったのだ。

セルレイナのためにレヴィアスは信念を曲げた。あの夜も理性を砕かれ、とうとう彼女を抱いてしまった。いつだって感情に流されず生きてきたレヴィアスにとって、それは許せることではなかったのだ。だから、腹を立てた。己に、そして自分を変えさせてしまったセルレイナに。

戦争のために国を離れざるを得なくて、何もかも中途半端に残してしまったことも、彼の怒りに拍車をかけていた。セルレイナが家を出て、よりにもよってローランド・ディンゼルの家に身を寄せたと聞いても遠い戦地で何もできず、焦りと、もどかしさに苛まれた一年だった。

――自分には怒る権利があると思っていた。これは正当な怒りだと。

けれど、セルレイナの身になってみれば、それがどれほど独りよがりなものだったか、ようやくレヴィアスは思い至ることができた。

ナディーンのことで両親に理不尽な理由で責められ、家を出てからは一人で頑張って生きていたセルレイナに、自分はなんとむごいことを強いてしまったのか。

セルレイナにしてみれば、一方的に怒りをぶつけられて、不自由な生活を押しつけられたばかりか、レヴィアスに毎日のように身体を貪られているのだ。傷ついただろう。辛かっただろう。レヴィアスに怒りをぶつけてもおかしくなかった。

けれど、優しい彼女はいつだって他人ではなく自分のせいだと考え、全部自分で背負おうとしてしまう。

——それが分かっていながら、私は……。

レヴィアスは目を閉じて静かに寝息を立てているセルレイナに、そっと囁いた。

「すまない、セルレイナ。もう決して君を傷つけることはしない。……愛しているんだ。君を。誰よりも、何よりも」

返事はない。当たり前だ。これは寝ているセルレイナにではなく、起きているセルレイナに向かって紡ぐべき言葉だ。……けれど、今の彼にはその資格がない。一年前に残した宿題はまだ終わっていないからだ。

――すべてを終わらせたその時には……。

レヴィアスは身を乗り出してセルレイナの額にキスを落とした。

＊＊＊

この日を境にレヴィアスの態度が変わった。相変わらずセルレイナを抱くものの、前のように強引に進めることはなく、優しく扱うようになった。

それはまるで一番初めに契りを交わした一年前のあの夜に戻ったかのようだった。もうレヴィアスはセルレイナに怒りを覚えていないようで、見つめる瞳には昔のように親愛の情が溢れていた。それと同時に欲情も。

セルレイナとしては急に態度が変わったことで、不安に思う部分もある。なぜ急に優しくなったのか。なぜもう「検査する」と言わなくなったのか。分からないことだらけだ。

レヴィアスがその答えを与えてくれないことで、ますます不安は募る。前のように眠れなくなったり、急に泣いたりと情緒不安定になることはないが、胸に巣くう恐れがなくなったわけではないのだ。

――私はあとどれくらいレヴィアス様のそばにいられるのかしら？

ナディーンの動向も合わせて、セルレイナの悩みは尽きなかった。

そんな折、思わぬ方向から突破口が開くような出来事が起きた。

廊下でばったり出くわしたリーズリーがセルレイナの不安を感じ取ったかのようにこう言ったのだ。

「急に態度が変わったのは、あなたがお泣きになったからですよ」

そう言って、リーズリーはくすくすと楽しそうに笑った。

「あの方、女性の涙に弱いんですよ、もちろん、あなた限定ですけれどね。まぁ、でもあの方の中でようやく気持ちに折り合いが付いたみたいなので、安心しました」

目を細めて微笑むリーズリーは本当に嬉しそうだった。その様子だけで、彼がどれだけレヴィアスのことを尊敬しているのか見て取れる。きっとレヴィアスにとってもリーズリーは有能でとてもいい副官なのだろう。

「これからもレヴィアス様のことをよろしくお願いしますね、マルメドウ中尉」

セルレイナが丁寧に頭を下げると、彼は慌てたように手を振った。

「いえ、私などに頭を下げないでください。それにその言葉そっくりあなたにお返ししたいと思います。……それで、ええと。余計なことは言ってはいけないと命令されていますが、あなたの不安を一つ解消するために、このことだけはお伝えしておきましょう」

リーズリーは真面目な表情になって言った。

「まずあなたの容疑のことですが、これはもうすでに……と言うかとっくに晴れています」

「え？　そ、そうなのですか？」

「はい。ですから、投獄されることなどないのでご安心ください。けれど、申し訳ありませんが、諸々の事情があり、あなたを王宮に返すことは今の段階では無理なのです。しばらくの間、この別荘にいてもらうという状況は変わりません」

「そう……ですか……」

アデラ王女の家庭教師のことなど心配事は色々あるが、セルレイナはまだここにいる必要があるようだ。

「ぬか喜びさせてすみません。けれど、あの方の過保護なまでの囲い込みがようやく少し弱まったので、近々思いもかけない方がこの別荘に足を運んでくると思います。私からは言えませんが、あの方でしたら閣下の箝口令《かんこうれい》など気にする必要はありません。あの方の口からあなたに伝わるように色々根回ししておきますね。楽しみにしていてください」

片目をつぶって悪戯っぽく笑うと、リーズリーは去っていった。

――あの方？　誰かしら？

セルレイナが思っていたよりもリーズリーが優秀な副官であることを知るのは、もう少し後のことだった。

廊下でリーズリーと話をした三日後、セルレイナのいる別荘に来客があった。侍女からそれを知らされて首を傾げながら応接室に向かったセルレイナは、ソファにちょこんと座り、満面に笑みを浮かべた人物を見て啞然とした。

「ようやくリステイン公爵の許しが出たわ！　元気だったかしら、レイナ先生？」

「まぁ、アデラ殿下！」

来客とはセルレイナの教え子で第七王女のアデラだったのだ。

「よくいらしてくださいました」

「私もレイナ先生が元気そうで安心したわ。まったく公爵ったら、全然あなたを返してくれないんだから、もう」

ぷうと口を膨らませるアデラは、記憶していたよりもずっと愛らしかった。

「アデラ殿下もお元気そうで何よりです」

久しぶりの再会を、セルレイナは喜んだ。ずっとずっと気になっていたのだ。

セルレイナはアデラ王女に向かって深々と頭を下げた。

「アデラ殿下、長い間勉強を教えることができなくなり、大変申し訳ありませんでした」

突然兵士に捕まり、重要参考人としてここに連れてこられてしまい、どれほど迷惑をかけてしまったことだろう。

推薦してくれたキャロルにも申し訳が立たない。レヴィアスから手紙を送る許可が出次第、キャロルには連絡をしなければと思う。

「私の方は心配しないで。今は臨時でキャロル先生に来ていただいているの。あの方もレイナ先生の恩師だけあって、教え方がとてもお上手だわ」

「え？　キャロル先生が？」

驚いて聞き返すと、アデラは頷いた。

「ええ、そうよ。リステイン公爵が連絡を取ってくださって、レイナ先生が戻るまでってことで教えに来ていただいているの」

「まぁ、そうだったんですね。キャロル先生、私が突然兵士に連行されたと聞いて、どんなに心配をおかけしたことでしょう」

頰に手を当てて、ため息交じりに呟くと、アデラ王女はきょとんとした。

「私もキャロル先生も、レイナ先生が家庭教師を休むことはリステイン公爵からあらかじめ聞いているわ。その理由もよ。兵士に捕まった？　いいえ、あなたは捕まってなんかいないわ。リステイン公爵に保護されているのでしょう？」

「え……？」

セルレイナは予想外の答えにポカンと口を開けた。その様子にアデラ王女は眉を寄せると、突然ポンと手を叩く。

「なるほど、マルメドウ中尉が言っていたのはこのことね！　まったくもう、リステイン公爵ったら、何もあなたに知らせないでここに連れてきたの？　兵士に捕まったと思わせるなんて、なんて悪質なのかしら！　マルメドウ中尉の言う通りだわ。レイナ先生にはきちんと事実を言ってくれる人が必要ね。いい？　あのね」

アデラ王女は身を乗り出して告げた。

「先生は捕まったわけじゃないの。保護されていたのよ。ご実家に盗人が入ったり、屋敷が放火されたりブロードア伯爵家が何者かに狙われているから」

「え!?　放火!?」

思いもよらない言葉にセルレイナは啞然とした。

アデラ王女によれば、セルレイナがレヴィアスに保護される前日、実家のブロードア伯爵家の屋敷に何者かが入り込み、火を付けられたのだという。その火事で屋敷の大部分が燃えてしまった。

幸いセルレイナの両親も使用人も無事だったが、それ以降もブロードア伯爵家の周辺で不審なことが起こり続けているのだという。

「なんでも、焼けた邸宅跡にまたも何者かが入って火をつけて、残りの部分も焼けてしまったんですって。もちろん、ブロードア伯爵家の人たちは避難していたから、その時も人的被害はなかったけれど、こうも立て続けに起こるのはどう考えてもおかしいわ。恨みを持つ者の犯行に違いないってもっぱらの噂よ。で、レイナ先生は実家を離れているけれど、王宮で働いていることを知っている人はいるじゃない？　先生にも危害が加えられる恐れがあるということで、リステイン公爵が先生を保護したっていうわけ」

「そんなことが……」

生家が焼け落ちてしまったことには少なからず衝撃を受けたが、幸いにも両親や使用人たちは無事だという。燃えてしまったものは取り戻せないが、命がありさえすればなんとかなるだろう。

「それにしても一体誰がうちを狙ったのでしょうか……？」

ブロードア伯爵家は伯爵位を持つ中で特別裕福ではないし、歴史が古い名門というわけでもない。父親は王宮の役職にはつかずに、領地からの収入だけで生活している。貧しいわけではないが、特別お金があるわけでもない。ごくごく普通の伯爵家だ。権力争いや派閥争いにも無縁なので、それほど恨みを買う要素がないのだ。

……ナディーンのことを除いては。

社交界デビュー以来、奔放なナディーンのことで少なからず非難されたし、彼女がレヴィアスと結婚した時にも恨まれた。そしてナディーンが駆け落ちした後、ブロードア伯爵家の名誉は地に落ちた。今や名前を聞くと、貴族の誰もが眉をひそめる家名となった。そういった意味では恨みを買っていないとは言えないかもしれない。

――でもなぜ今になって？

「分からないわ。軍が調べているみたいだけれど、賊の侵入した形跡も証拠も屋敷と一緒に燃えてしまっているらしくて、難航しているそうなの」

「……そうですか。アデラ殿下、話してくださってありがとうございました。これで色々なことが腑に落ちましたわ」

セルレイナはアデラ王女に頭を下げた。

どうして別荘にこれだけの警備の兵が必要だったのか、これで分かった。ブロードア伯爵邸を焼いた人物がセルレイナを襲うことを想定しての厳重な警護だったのだ。

監禁ではなく軟禁だったのも、侍女がついて世話をしてもらえたのも、最初からセルレイナが容疑者ではなく保護対象だったからだ。

「……言ってくだされればよかったのに、レヴィアス様……」

ついぼやくと、アデラ王女がうんうんと頷いて同意した。

「本当だわ。最初から事情を説明していればレイナ先生だって不安にならなかったのに。まったく男ってどうしようもないわね」

まだ十一歳の王女が口にする言葉ではないが、セルレイナは黙認した。

「じゃあ、また来るわね！」

騒がしくも賑やかに、アデラ王女は帰って行った。

――きっと私に説明するように促したのはマルメドウ中尉ね。箝口令が出されていて私に直接言えないから、代わりにアデラ殿下から私に伝わるようにしたに違いないわ。

今度会ったらお礼を言わなければと思いながら、セルレイナは帰っていくアデラ王女を見送った。

部屋に戻り、アデラ王女がもたらしてくれた情報をよく考える。

今まで起こっていなかったことが、ここのところ立て続けに起きているという。きっかけはなんだろうか。もしナディーンのことで恨みを買っていたとしたら、レヴィアスが帰ってきたことが一つの引き金になった可能性がないわけではない。

けれど、なんとなくそうではない気がした。別のきっかけがあるはずだ。

そこでセルレイナはアデラ王女の言葉を思い出す。確かアデラ王女はセルレイナがレヴィアスに保護される直前にブロードア伯爵家への襲撃が始まったと言っていた。

その寸前に何があったかと言えば、ナディーンからの突然の手紙だ。だからこそセルレイナはリーズリーに連行される時、ナディーンの手紙が原因ではないかと考えたのだ。

――お姉様から手紙が送られてきてから、すべてが始まった……？

それなら時期が合う。合うと言うよりぴったりそのタイミングだ。

そして、今、姉は王都でたびたび姿を目撃されているという。これは決して無関係ではないだろう。

「そうだわ、手紙のこと……私、レヴィアス様に言ってない」

色々あったせいですっかり忘れていたが、ナディーンは隠した何かをレヴィアスに渡して欲しいと記していたのだ。

ナディーンの駆け落ちした相手が敵国の間者だったなら、何か関係があるのかもしれない。姉のことを口にするだけで腹立たしそうにしていたレヴィアスも、近頃は優しくなった。今なら手紙のことを告げても大丈夫なのではないか。

手紙自体は兵士に連行された時に持ち出せなくて王宮に残したままだったが、内容ならばはっきり覚えている。

セルレイナは落ち着かない様子で客室の中を歩き回った。

――ああ、どうして私はもっと早くに手紙のことをレヴィアス様に言わなかったのかしら。

兵士たちに別荘に連れてこられた後は――セルレイナがナディーンに嫉妬をしていたせいだ。手紙の中でナディーンはレヴィアスに何かを渡して欲しいと書いていた。セルレイナはナディーンの名前をレヴィアスの前で口にすることを恐れてしまったのだ。

――お姉様に思いを寄せるレヴィアス様を見たくなかったから……。

なんて自分は愚かだったのだろう。レヴィアスが別荘に来たら正直に手紙のことを告げなければ。そして……保護していたことをどうしてセルレイナに隠していたのかも尋ねてみよう。

おそらくそこに彼の気持ちの答えがあるだろうから。

その日の夜、レヴィアスは別荘に戻ってきた。おそらく自分の部屋で上着を脱いできたのだろう、セルレイナの部屋に現れた彼はシャツ姿だった。

「レヴィアス様、お話があります」

開口一番、それもいつになく強い口調で告げたセルレイナに、レヴィアスは嫌そうに顔をしかめた。

「君の言いたいことは分かっている。おそらくアデラ殿下が言ってしまったんだろう？　まったく、余計なことを。君は知らない方がいいというのに」

この言いようにはさすがにセルレイナもカチンときた。

「知らなければよかったという判断は私自身がすることです。全部隠されて、何も知らないでいることがいいだなんて私は思いません」

ある意味ずっとレヴィアスの言いなりだったセルレイナが反論したことに、彼は驚いたようだった。彼は少しばつが悪そうに視線を逸らす。

「そうだったな。言い方が悪かった。すまない」

あまりに素直にレヴィアスが謝罪するので、セルレイナは拍子抜けしてしまう。

「っ、と、とにかく、今はそのことではなくて、レヴィアス様に伝えなければならないことがあるのです。本当はもっと前に言うべきだったのですが……ここに連れてこられて以来、色々なことがあって、うっかり失念していました。お姉様からの手紙のことです」

レヴィアスは眉を上げた。

「ナディーンの？　ああ、そういえば王宮にいた頃、ナディーンから手紙が届いたんだったな」

「はい。手紙の内容を今までレヴィアス様にお伝えしたことはありませんでした。でも、アデラ殿下のお話を聞いて、早く伝えなければと思いました。レヴィアス様、お姉様は手紙にこう書いてきたのです」

一言一句間違えずに、セルレイナは手紙の内容をレヴィアスに告げる。聞いているうちにだんだん険しい顔になっていったレヴィアスは、セルレイナが言葉を切ったとたん、小声で激しく罵った。

「ああ、くそ、あの女！　まさか君を渦中《かちゅう》に放り込んでいたとは！　私は単に近況を告げて近々こちらに戻ってくるという内容の手紙だとばかり思っていた」

「え？」

「どうりでブロードア伯爵邸が狙われるわけだ。ナディーンの手紙がすべての始まりだ。これで色々と説明がつく」

「ど、どういうことですか、レヴィアス様」

レヴィアスはセルレイナの顔を見つめたが、ややあって観念したようにため息をついた。

「そうだな。気は進まないが、最初から話すことにしよう。リーズリーが余計なことをして、君が、ブロードア伯爵家が狙われていることを知ってしまったからな」

促され、テーブルを挟んでソファに向かい合わせに座ると、レヴィアスは重い口を開いた。

「ナディーンが言う私に渡して欲しいものとは、おそらく彼女が関わっていた情報漏えいに関する情報や証拠なのだろう」

「……え？　お姉様が関わっていた？」

「そうだ。私は君をここに連れてきた時に、カーレルが間者であることを君に教えたね。だが本当は少し違うんだ。私と行動を共にしているナディーンも情報漏えいに関わっている恐れがあると。彼女は関係なしに、ナディーンは手に入れた軍の機密情報をベルマン国に流していた」

「え……お姉様が……？」

信じられなくて聞き返す。カーレルに騙されたのではなく、彼とは関係なしにナディーンは犯罪に手を染めていたというのだ。

レヴィアスは言いにくそうに続けた。

「君は信じたくないだろう。家族が積極的に犯罪に関わっているとなると、君や君のご両親にも累《るい》が及ぶ。だから私はあえて君にナディーンがカーレルを通じて情報漏えいに関わっていたのかもしれないと濁《にご》したんだ」

そうかもしれない。関わっていたかもしれないのと、関わっていたのでは大違いだ。しかも後者になるとナディーンだけではなくその家族も連帯責任ということで一族郎党がみんな処分される。

セルレイナはぶるっと震えた。もしかしたら、今頃セルレイナも両親も断頭台の露と消えていたかもしれないのだ。

「怖がらせてすまない。けれどこれは本当のことだ。ナディーンは国を裏切っていた。……本人にそのつもりはなかったかもしれないが、彼女が得た情報がベルマン国に渡ったせいで多くの兵士が死んだ」

「……多くの兵士が？」

「三年前に起こった国境での戦いのことだ。あの二度の敗戦で我が国の兵士は多数犠牲になった」

レヴィアスによれば、三年ほど前から国の重要機密をベルマン国に流している者がいたのだという。

「最初に漏れたのはこちらがベルマンに放った間者の素性だ。あちらに何か大きな動きがあれば、知らせがくることになっていた。だが、三年前にベルマン国が突然国境を越えて侵略してきた時、向こうに送った間者たちからは何も情報が入ってこなかった。全員、侵攻が始まる前に始末されていたんだ。そして我々の方は何も予測できなかったことで後手《ごて》に回り、多数の犠牲者が出たばかりか、領土を失った」

　淡々とした口調でレヴィアスは続けた。

「二つ目に漏れた重要な情報は、失われた領地を奪還すべく集められた地方軍の侵攻ルートだ。奇襲をかけるために山脈側を選んで兵を進めていたんだが、どういうわけか通る日時やルートが漏れていた。そのせいで我が軍は待ち伏せされ、さらに後ろに回られて退路を断たれ、ほぼ全滅に近い被害が出た。他にも細かい情報が、数えたらきりがないくらいにあちらに渡っていたんだ」

「そ、それを、お姉様が……？」

　あまりに重大な事柄に、ぶるぶる震えながらセルレイナは尋ねる。

「ああ。重要機密を軍属の貴族たちから聞き出していた。彼らはナディーンの歓心を買おうと躍起《やっき》になっていたからな。そして彼女の肉体に溺れて、聞かれるままに教えてしまったそうだ。こちらから送り込んだ間者の名前と、所属先を。ルートの方も同じだ。地方軍を指揮するために軍の本部から派遣が決まっていた将校が、聞かれるままペラペラとルートを喋ってしまったらしい。他にいくら調べても、あの当時、諸々の情報を聞き出せるのはナディーンだけだった。その情報がベルマン国に伝わったせいで、我が軍は国境で二度も多大な犠牲を払うことになってしまった」

淡々としたレヴィアスの口調が、かえってナディーンが情報を漏らしたのが真実だとセルレイナに知らしめた。

――お姉様が、そんな。国を裏切っていたなんて……。ああ、だから逃げたの？　捕まるのを恐れて……？

「なんてこと」

セルレイナは思わず両手で顔を覆った。もしそれが本当なら、ナディーンだけでなくブロードア伯爵家は反逆罪で全員死刑だ。

「大丈夫だ、セルレイナ。そもそもナディーンは主犯ではないようだ。ナディーンは軍の重要情報を聞き出していたが、敵国にその情報を売っていたのは別の人物だ」

「え？　別の人物？　お姉様は主犯じゃない？」

顔を覆っていた手を外して、縋るようにレヴィアスを見つめると、彼は力強く頷いた。

「駆け落ちするまで、ナディーンと間者を直接結び付けるものは見つからなかった。つまり、ナディーンに情報を探らせ、敵の間者にそれを教えた人物がまた別にいたんだ。ナディーンと間者の間に立って情報を橋渡ししていた人物が。その者こそ黒幕であり、金のために国を売った本当の裏切り者だ」

「黒幕で、裏切り者……」

そんな人がいたなんて。どうしてナディーンはそんな人物に関わってしまったのだろう？

「おそらく一年前、ナディーンはそいつに殺されることを恐れて逃げ出したんだろう。実はあの当時、ベルマン国から送られてきた間者とおぼしき者たちはほとんどが死体で発見されている。ナディーンの侍女のミミがそのうちの一人だ。あの侍女も漏えいに関わっていた。関わっていたからこそ、焦った誰かに消された」

――消された。

その響きにゾッとして、セルレイナは自分の両腕を抱きしめた。

「黒幕が自分の悪事を知っている者を始末し始めたのは、情報の漏えいについて我々が調査していることに気づいたからだろう。捕縛の手が伸びる前に、自分の犯罪の証拠となる者を始末することにした。私たちはそう見ている」

「では、お姉様が隠したものを見つけてレヴィアス様に渡して欲しいと手紙に書いていたのは……」

「その黒幕に繋がる何らかの証拠だろう。一年前、出兵直前まで私はそいつを探っていたからな。おそらくナディーンも気づいていたはずだ。自分のすぐ近くまで私の捕縛の手が伸びていたことをな」

レヴィアスは前髪に手を入れて苛立たしげにクシャッと掻いた。額に乱れた髪の毛の筋が落ちる。

「私は一年前失態を犯した。ナディーンが逃げる前に情報漏えいの件で彼女を捕まえなければならなかったのに、躊躇したばかりに逃げられてしまった。あの時ばかりは酒に逃げずにはいられなかったよ」

「レヴィアス様……」

ああ、だからあの夜、レヴィアスは酒を浴びるように飲んでいたのだ。ようやく合点がいった。

セルレイナは立ち上がってレヴィアスの隣に腰を下ろすと、彼の手を取った。

「レヴィアス様はできる限りのことをされたのです。もうご自分を責めないでください」

この人はナディーンが情報漏えいに関わっていると知ってどれほど苦しんだことだろう。愛した妻を捕まえなければならないことはきっと死ぬほど辛かったに違いない。躊躇したばかりにナディーンに逃げられて、自分の失態だと己を責めて、どんな気持ちで戦場に向かったのか。

——お姉様、今度ばかりはあなたを憎みます。どうしてレヴィアス様をこんな目に遭わせたの？

「私の方こそお姉様の変化に気づかなければならなかったのです。お姉様は社交界デビューをしてから変わってしまった。そのことに気づいていながら、私は何もしなかったのです。もっと姉妹で親密に話をしていれば、お姉様が罪を犯すのを防げたかもしれないのに」

三年前というと、まだナディーンはレヴィアスと出会ってもいなかった頃だ。そんな頃からナディーンは犯罪に関わっていた。本来、彼の苦悩は両親やセルレイナが家族として味わうべきものだったはずなのに。

レヴィアスこそ犠牲者なのだ。

「セルレイナ。ナディーンが犯した罪のことは君には関係がない。君にもご両親にもだ。……なのに、一年経ってまた巻き込んでしまった。これもナディーンと私が至らなかったからだ」

ナディーンがレヴィアスに渡したいものとは、黒幕に関するものだ。一年前黒幕はナディーンを始末し損ねている。その彼女がどこかに隠した証拠の品。黒幕にとってはレヴィアスの手に渡っては困るものだ。

「だから黒幕はナディーンの実家に火を放って証拠を隠滅しようとしたのだろう。隠し場所が屋敷の中であれば建物が燃えてしまえば隠滅できる」

「で、ではもうその証拠は燃やされてしまったということですか？」

「分からない。だが、それなら未だにブロードア伯爵家の周辺で不審なことが起こるのはおかしい」

レヴィアスによれば焼け落ちたブロードア伯爵邸の周辺で不審な人物が何度も目撃されているのだという。

「おそらくまだ相手は証拠を摑んでいない。あるいは隠滅できたか確信がないのだろう。だからまた狙ってくる。唯一の手がかりは君だ。ナディーンの手紙にあった、姉妹の秘密の場所という文言。それを思い出せるのは君だけだ」

そこまで言ってレヴィアスは「はぁ」と安堵の息を漏らす。

「早めに君の身柄を確保しておいて正解だったな。少しでも遅れていたら大変だった」

「で、でも私、そんな場所があったという記憶がないのです。もしあったとしても、すでに焼け落ちているのでは……」

手紙をもらった時にさんざん考えたし、ローランドにも言ったが、本当に「姉妹の秘密の場所」に心当たりがないのだ。

「まだそうと決まったわけでもない。セルレイナ、プレッシャーをかけるわけではないが、できるだけ思い出してみてもらえないか？」

「も、もちろん、協力します……」

レヴィアスにそう言われてしまえば、セルレイナとしては協力せざるを得ない。それにレヴィアスの役に立てるのであればこんなに嬉しいことはなかった。

「そうだ、何か思い出すきっかけになるかもしれない。ご両親が君に会って謝りたいと言ってきている。辛いかもしれないが、会って話をしてみないか？」

「え？　お父様とお母様が？」

思いもかけないことを言われて、セルレイナの目が丸くなる。

両親は火事で焼け出された後、レヴィアスによって別の場所に匿《かくま》われているのだという。

「二人が狙われる可能性は低いと思うが、万が一のことがあるからな。王都にあるリステイン公爵家の別宅の方に住んでもらっている。君の家の使用人たちもそこで働いている」

「まぁ……」

じわりとセルレイナの目に涙が浮かんだ。やはりレヴィアスは思っていた通り、高潔で誠実な人なのだ。もうそんな義理はないのに両親や使用人たちを保護してくれた。そしてセルレイナのこともまた守ってくれようとしていたのだ。

「レヴィアス様、ありがとうございます」

「仕事の一環だ。礼を言われることではない」

「それでもです」

こんなによくしてくれるのはナディーンのためだろうか。いや、それでも構わないとセルレイナは思う。

——愛しています、レヴィアス様。決して口にできない想いだけど、誰よりも愛しています。

セルレイナは背筋を伸ばして、レヴィアスを見上げた。

「レヴィアス様。私、両親と話をしようと思います」

両親と最後に話をした時のことを思い出すと、未だに胸が締めつけられる。ナディーンがいなくなったのはお前のせいだとなじられて、罵られた。一年経った今も、両親に責められた傷が癒えたわけではない。

——顔を合わせるのは怖い。そして辛い。

レヴィアスにそう訴えれば、きっと彼は無理に両親に会わせることはしないだろう。でもここで会わなかったら、きっとセルレイナは一生後悔するに違いない。

「そうか。ではさっそく手配しよう」

レヴィアスは腕を伸ばしてセルレイナを胸に抱き寄せた。

「嫌だと思うのであれば言ってくれ。いつでも中止にする。君の気持ちが最優先だ」

「レヴィアス様……」

きっとレヴィアスは、なぜセルレイナが家を出たのか知っているのだろう。

「大丈夫です。だって今はレヴィアス様がそばにいてくださいますから」

温かい胸に頬を寄せて、セルレイナは目を閉じた。

これだけ気遣ってくれるのは、お姉様の妹だからだろうか？　それとも……。

ほんの少しだけ、セルレイナは彼の気持ちに希望を見いだすのだった。

＊＊＊

翌日、リーズリーから報告を受けたレヴィアスは顔をしかめた。

「やはり手紙はなかったか……」

セルレイナの許可を得て、王宮にある彼女の部屋に保管してあるというナディーンの手紙を回収しに行ったが、それらしきものは見当たらなかったという。

「おそらく我々の手に渡る前に部屋に忍び込んで盗んでいったのでしょう。申し訳ありません。セルレイナ様をお連れする時に手紙も回収しておくべきでした」

リーズリーは悔しそうに唇を噛んで頭を下げる。

「いや、あの時はセルレイナの身柄を確保することが急務だった。手紙のことまで頭が回らなかったのだから、仕方あるまい」

　レヴィアスは小さくため息をつく。

「そもそもセルレイナに宛てた手紙は、あの男にナディーンが帰ってくると印象づけるためだけのものだと思っていたからな。まさかセルレイナをあんな形で渦中に放り込むような内容だとは夢にも思わなかった。私の落ち度だ。……まったくあの女はとことんこちらを手こずらせてくれる」

「閣下……」

「単なる愚痴だ。気にするな。ところで肝心のあの二人はどうしている？」

　尋ねると、リーズリーの顔に苦笑が浮かんだ。

「ナディーン嬢とカーレルなら王都中で目撃されています。のらりくらりと捕縛の手を逃れて。貴族たちの間ではその噂でもちきりですよ。あれでは、敵は落ち着かないでしょうね」

「あまり追い詰めてセルレイナに被害があっては困るんだが……。まったく、あの男を逮捕できるだけの証拠はすでに集まったのだから、さっさと捕まえれば簡単に終わるものを」

「閣下」

リーズリーの声には窘《たしな》める響きがあった。レヴィアスは気に入らないとばかりに口を引き結ぶ。

「分かっている。『復讐に手を貸すこと』それがナディーンとの約束だからな。あの女のゲームに付き合わされるのは腹立たしいが、こちらに都合がいいように事を収めるためには、致し方あるまい」

昨日、レヴィアスがセルレイナに説明したのは事の真相のほんの一部分だけだった。肝心の内容は伝えなかったのだ。

レヴィアスたちがナディーンの動向をすべて把握して動いていることも。

「あとは、手紙にあった『姉妹の秘密の場所』をセルレイナ様が思い出すかどうかにかかっていますね」

レヴィアスはすっと目を細めた。

「ああ。リーズリー、油断することなく備えておけ。相手は裏切り者で、人を駒のように利用した揚げ句、自分の保身のためなら平気で切り捨てて葬るようなやつだからな」

「はい」

黒幕がしでかしたことで、多数の人間が犠牲になっている。頷くリーズリーの顔も、レヴィアスの表情も、非常に厳しいものだった。

＊＊＊

レヴィアスとリーズリーが話をしているのと同じ頃、王都の別の場所では、とある人物がくしゃくしゃに丸めた紙を壁に叩きつけていた。

「くそっ、ナディーンめ！　一体、どこに証拠を隠した!?　くそ、くそっ」

くしゃくしゃになった紙はナディーンがセルレイナに宛てた手紙だ。ただし、それはセルレイナがまだ目にしていない手紙だった。

「屋敷を燃やして証拠はすべて消えたはずなのに、まだ無事だと？　あれが表に出れば何もかもおしまいだ！　くそっ、ナディーンめ、どこだ。どこに隠したんだ！」

彼は焦っていた。

自分に繋がる証拠もすべて消して、邪魔者も消して順風満帆《じゅんぷうまんぱん》な人生を送れるはずだったのに、ナディーンを逃がしたことで、今やそれが脅かされている。ナディーンが持っているものが軍の手に渡れば自分は破滅してしまうだろう。

「……いや、まだだ。まだ捕縛の手は伸びてきていない」

彼は血走った目で手紙を足で踏みつけると、独りごつ。

「ナディーンの妹のセルレイナ。彼女が鍵だ。ああ、そうだ。あの娘は必ず屋敷の様子を見に戻ってくるだろう。その時こそ――」

その先の言葉は音になることなく、虚空《こくう》に溶けていった。

第6章　取り戻したもの

別荘の応接室で、セルレイナはそわそわしながら待っていた。

今日は両親が別荘にやってくる日だ。セルレイナにとっては一年ぶりの再会となる。

『私が一緒にいられればいいんだが……。あいにくと手が離せない案件があって、戻らなければならなくなった。代わりにリーズリーが君に付き添うから、何かあれば彼に遠慮なく相談してくれ』

今朝、レヴィアスは残念そうに言いながら、王宮に戻っていった。レヴィアスがいれば心強かったが、仕事なのだから仕方ないだろう。

「大丈夫ですよ、セルレイナ様。僕も最近ブロードア伯爵夫妻と顔を合わせましたが、だいぶ反省して以前と変わられたご様子でした。きっとうまく行くと思いますよ」

立ち会いのために応接室にいたリーズリーが、落ち着かない様子のセルレイナを慰める。

「そ、そうね。そうだといいのだけれど……」

両親とセルレイナの価値観は大きく異なっている。両親はセルレイナを理解できなかったし、彼女の方もまた両親の持つ価値観を軽蔑しながら成長した。

――私とお父様やお母様を繋いでいたのはお姉様だった。そのお姉様がいなくなればうまく行かないのは当然だったと、今なら分かるけれど……。

今さら両親と和解するのは難しいのではないか。セルレイナは心の奥底ではそんなふうに思っていた。

けれど、別荘に到着し、おずおずとした様子で応接室に入ってきた両親を見た瞬間、恐れは消え、わだかまりは氷解した。

二人は憔悴しきっており、最後に会った時とはまるで別人だった。あまりの変わりようにセルレイナはソファから腰を浮かせた状態で固まってしまう。

「お父様、お母様……？」

「ああ、セルレイナ！」

「すまなかった。セルレイナ」

両親はセルレイナの姿を見るなり、目を潤ませ、その場で頭を下げた。

「私たちが間違っていた」

「ごめんなさい、セルレイナ。あなたにすべての責任を負わせるなんて、私たちが愚かだったの。許してセルレイナ」

一年会わないうちに両親は老けて、心なしか前より小さくなっていた。一族の長として君臨していた時の威厳は今はなく、疲れ果てた中年の夫婦にしか見えなくなっていた。

きっと今回の放火のことだけではなく、この一年色々あったからだろう。

「あなたがいなくなってようやく私たちは自分たちの過ちに気づいたの」

「私たちはナディーンだけでなく、もう一人の娘を失ったのだと気づいて愕然とした。今まで重要だと思っていたことに急に意味を見いだせなくなった。すまなかったセルレイナ。ナディーンのことはお前のせいじゃないのに、私こそあの子の愚行を止めなければならない立場だったのに、お前に八つ当たりをした」

「ごめんなさい、許してセルレイナ」

「お父様、お母様……」

――ああ、そうだわ。私は家を出たけれど、お父様たちはお姉様の駆け落ちのことで貴族たちに非難され、この一年ずっと辛い思いをしてきたんだわ。

仕方なかったとはいえ、すべてを両親に背負わせてセルレイナは一人逃げ出した。そのことに思い至り、セルレイナの中にあった苦しみや悲しみ、それに両親に抱いていた怒りが解けていくのを感じた。

何も弁解せず、ただ両親が誤解するままにしていたのはセルレイナの方も同じだ。最初から諦めて自分の気持ちを口にすることもなかった。そして何も言わずに逃げ出した。

「私の方こそごめんなさい」

セルレイナは立ち上がって二人に駆け寄ると、小さくなった身体を抱きしめた。

「セルレイナ……」

「ああ、セルレイナ。私たちの方こそごめんなさい」

三人は泣きながら抱き合い、肩を寄せ合い、互いに謝り続けた。

ようやく落ち着くと、リーズリーに促されて三人は向かい合ってソファに腰かけた。

二人は今、王都にあるリステイン公爵家の別宅に住んでいて、近々別の小さな屋敷を借りてそこに移り住む予定なのだという。

「屋敷を建て直すまでの間はそこに住むことにしたんだ。いつまでもリステイン公爵の厚意に甘えているわけにはいかないからな」

「でも驚いたわ。まさかあの方が私たちに手を差し伸べてくださるなんて。ナディーンがあんなことをしでかしたのに」

「そうだな。娘二人を失った揚げ句、屋敷まで失った我々に手を差し伸べてくださった。感謝してもしきれない。ナディーンは罪を犯したばかりか、あんなにいい方まで裏切って……」

父親の表情が曇る。おそらくナディーンが情報漏えいに関わっていたことをレヴィアスから聞いているのだろう。

「私たちはあの子の育て方を間違えたのよ。あなたのことだけではなく、きっとあの子の人生も私たちは滅茶苦茶にしたんだわ」

母親が手で顔を覆った。

「あの子が社交界デビュー以来変わったことは分かっていたの。でも私たちはあの子に大勢の男性が群がり、ちやほやされることに優越感を覚えて、諌《いさ》めることはしなかった。いえ、煽ったのよ」

「ナディーンならもっと上の身分の男性を虜にできるだろうと。きっとその期待があの子を変えてしまったんだ」

社交界にデビューするまでのナディーンは、ごくごく普通の貞操観念を持つ令嬢だった。自由奔放なところはあったけれど、男性に媚を売ったり恋のゲームを仕掛けたりすることはなかった。近づくことのできる男性といえば従兄のローランドくらいだった。

それが社交界デビューをしてから変わってしまった。未婚だけでなく既婚の男性にも、構わず声をかけるようになったという。そして崇拝者になった男たちを侍らせ、女王のように振る舞っていた。

当時、社交界デビューをしていなかったセルレイナはナディーンと顔を合わせるのは家の中だけだったため、その変化にあまり気づくことはなかったが、一緒にパーティに出席する両親はもちろん娘の変化に気づいていただろう。けれど、彼らは何もせず、それどころか娘を煽っていたのだ。

「そしてナディーンがリステイン公爵に見初められて、私たちは有頂天《うちょうてん》になった。娘が最高の身分を持つ男性を射止めたのだと思うと誇らしくなった。あの子は公爵との結婚にあまり乗り気でなかったのに、半ば強引に話を進めてしまった」

父親の言葉にセルレイナは目を見開いた。

「お姉様はレヴィアス様との結婚に乗り気じゃなかったんですか？」

セルレイナの質問に答えたのは母親の方だった。

「そうなの。自分には荷が重いと言って断ろうとしたの。私たちは慌ててあの子を説得したわ。途中からは乗り気になったみたいだけど、今にして思えば、あの時、結婚を勧めたりしなければよかったのよね。結局リステイン公爵に迷惑をかけて、私たちは社交界から爪はじきにされた。……いいえ、それも自業自得だわ。娘を駒のように使おうとしたのだから。あの子が一番初めに望んだように、ローランドと結婚させておけばよかった」

「ああ、ローランドも私たちの都合で振り回してしまった。すまないと思っている」

反省しているのか、父親は項垂《うなだ》れた。

ちょうどそこにお茶とお菓子を持って、侍女が応接室に入ってきた。隅の方に控えていたリーズリーがそれを機に三人に提案する。

「ナディーン嬢の話はお互いに辛くなるだけです。別の話題にしてみてはいかがでしょうか？」

「そうですね」

侍女に淹れてもらったお茶とお菓子を堪能しながら、三人の話題は自然と燃えてしまった屋敷の話になった。

「結局全部燃えてしまってな。最初の放火の時にいくつかの家財は持ち出せたが、さすがに全部は無理だったな」

「仕方ありませんわ、あなた。二度も放火されたのですから。全員命があっただけでも運がよかったのですわ」

先祖代々続く屋敷が燃えてしまったことに父親は落ち込んでいたが、この点は他家から嫁いできた母親の方が現実的だった。

「価値のあるものは持ち出せたし、大きな被害は免れたのです。建物は残念だけれど、設計図が残っていることですし、建て直せばいいのです」

「だがなぁ……」

そこでセルレイナが口を挟んだ。

「建物はすべて燃えてしまったんですよね。庭や温室も燃えてしまったんですか？」

ブロードア伯爵家の敷地には屋敷の他に亡き曽祖父が作った立派な庭と温室があった。建物は二度の放火で全焼したという話は聞いていたが、他のところはどうだったのか、誰も言及しなかった。

お茶を飲みながら母親が答える。

「庭と温室は無事よ。……まぁ、建物があの有様だし、周辺に不審な人物が多数目撃されているから庭師が通えなくて荒れ放題になっているでしょうけれど」

「そう、庭と温室は無事だったのですね。不幸中の幸いだわ」

特に曽祖父が作らせた温室には希少な植物が植えられている。全部燃えてしまったのかと残念に思っていたが、残っているのであれば朗報だ。

温室と聞いて父親が懐かしそうに目を細めた。

「そういえば、おじい様が作った温室でお前たちはよく遊んでいたな。いつだったか、温室を半分にすると決めた時、どこかの木の下に十年後に開けるんだと言って宝箱を埋めていた。覚えているか？」

「そんなことが？　いいえ、覚えて……」

その時、微かに記憶が蘇った。確かにまだ小さい頃、ナディーンと一緒に箱に宝物を詰めて、温室にある大きな木の下に埋めた覚えがあった。十年後にまた掘り返そうと言って。

『おちびちゃん、ちゃんと場所を覚えておくのよ？　十年後に掘り返すんだから。あ、でも詳しい場所はお父様やお母様にも内緒ね。姉妹だけの秘密よ？』

遠い記憶の中、ピンクの愛らしいドレスを着た小さな姉が、笑ってそう言っていた。

セルレイナは目を見開いた。

――もしかして、姉妹の秘密の場所ってそこのこと？　温室の木の下に埋めた宝箱のこと？

きっとそうだ。まだうんと小さかったセルレイナはすっかり忘れてしまっていたが、三歳年上だったナディーンはきっと『姉妹の秘密の場所』に埋めた宝箱のことを覚えていたに違いない。そして、そこに証拠を隠した。セルレイナなら見つけられると思って。

とっさにリーズリーを見る。彼も今の話とセルレイナの様子で気づいたに違いない。セルレイナを見てリーズリーは小さく頷いた。

その後もセルレイナたちが小さかった頃の話をして、両親は満足そうに帰っていった。

「引っ越したら知らせるわね。仮住まいだけど、あなたの部屋もちゃんと用意したの。その……嫌でなければ時々帰ってきて欲しいわ」

別れ際の母親の言葉が嬉しかった。

二人の姿が見えなくなると、セルレイナはリーズリーに改めて告げた。

「姉妹の秘密の場所、分かったわ。たぶん、間違いないと思うの」

「はい、お三方の話を聞いて、王宮にいる閣下に連絡をしました。ただ、閣下は今とてもお忙しくて、どのくらいで抜けられるか……」

「だったら、レヴィアス様が戻られる前に取りに行きましょう。一刻も早く確保しなければならないのでしょう？」

セルレイナはきっぱりと言った。

どこに埋めたのかは、セルレイナ自身が行かなければ分からないだろう。宝箱を埋めた当時と今の温室は場所こそ同じだが、区画によっては植物の位置がだいぶ変わっている。改装して温室を半分にしたからだ。

「私を今すぐブロードア伯爵邸に連れて行ってください」

ところがリーズリーは首を横に振った。

「いや、しかし、閣下の許可なくあなたをここから出すわけにはいきません。閣下がお戻りになられるまでお待ちください」

「でもそのレヴィアス様がいつ戻ってこられるか分からないのでしょう？　それに、私の容疑は晴れているのだから、もう別荘を出ても大丈夫なはず。だったらマルメドウ中尉、私を連れて行って」

しばらくの間、玄関ホールで問答を続けていたが、やがてリーズリーは折れた。

「仕方ありません。お連れします。一緒に行きましょう」

＊＊＊

ブロードア伯爵邸のあった敷地に近づくと、未だに焦げた匂いが鼻をついた。

「二度目の放火からまだそんなに時間が経っていませんからね」

門扉や柵は建物とは離れていたために無事だったが、二度も火災に見舞われた屋敷は崩れ落ちていた。

施錠をして、人が入らないようにしてあるものの、柵をよじ登って侵入し、焼け跡から金目のものを探す輩が後をたたないのだという。現にセルレイナがリーズリーや兵士たちに守られて敷地に入った時も、焼け跡を漁っていたのかフードを被った怪しい人影が慌てて柵の方へ逃げていくのを見た。

「軍の検分がすんでいるので、金目のものなどほとんどないはずなんですがね。立ち入り禁止の看板を掲げても効果がないようです」

敷地にたった一つ残された建物である温室に向かって歩きながらリーズリーが言う。

「兵士に見回りを命じておりますが、人員を割くのも限界がありまして」

「焼け落ちた後も不審人物が目撃されるという話ですが、どういった人なのです？　先ほどのフードの人のような感じでしょうか」

「はい。しつこく内部に入ってあちこちを探している連中がいるらしいのです。でも金目のものを探している様子でもないらしく……」

「それで不審人物と」

「はい。あとは、中に入らずにただじっと屋敷跡を窺っている姿も目撃されています。いずれもフードを被っているので顔はよく分かっていないようですが……」

「その人がレヴィアス様たちの捜している黒幕なのかしら？　それとも黒幕に雇われてこ

がどんなに嫉妬深いか知らないいんですよ。あ、ここが温室ですね」
「リーズリーで結構です。いえ、私もきっと怒られますよ。でもそれはセルレイナ様が考えているような理由ではなく、あなたと親しく話をしたからです。セルレイナ様はあの方の。レヴィアス様に怒られるのは私よ」
「マルメドウ中尉に無理を言って連れてきてもらったって言うわ。実際にその通りですもリーを慰めた。
セルレイナは上官の許可なく彼女を連れ出したことに不安を覚えているらしいリーズ
「お姉様が隠した証拠を確認したら、直接王宮に渡しに行けばいいわ」
ヴィアスは別荘ではなく直接ブロードア伯爵邸にやってくるだろう。
ルレイナがブロードア伯爵邸に行くことを伝えてある。王宮から出ることができれば、レ
リーズリーはため息をつきながら呟いた。ここに来る前にレヴィアスに伝令を送ってセ
「本当は閣下の到着を待ってから確認したかったのですがね……」
る。これだけの兵士がいるならこれ以上不審人物も入ってこられないだろう。
別荘から一緒に来た兵士たちの大部分は、柵の外で内部に人が入らないよう警戒してい
「分かりません。でも用心するに越したことはないでしょう」
こを探っている？」

話をしているうちに温室に到着した。そのせいで、セルレイナはリーズリーが言っていた、レヴィアスが嫉妬深いという話を詳しく聞くことができなくなってしまった。

——レヴィアス様が嫉妬深い？　まさか。いつだって泰然《たいぜん》としているのに。あの方が感情を露わにするのはきっとお姉様のことだけ。

「この温室には元々鍵がかけられていて、金目のものが目当ての連中も中に入ることができなかったようです。壁を壊そうにもガラス張りのせいで音が響きますから、そこまでやる者はいなかったみたいですね」

外観はセルレイナが最後に見た時となんら変わっていなかった。丸いドーム型のガラス張りの建物で、曽祖父の趣味が高じて建てられたものだった。以前はもっと大きかったのだが、維持費がかかるため、十年以上前に半分取り壊して規模を小さくしたのだ。

「見回りの兵士によれば、一応庭師が時々様子を見に来ているようです。鍵はどうしますか？　壊しますか？」

温室の正面にあるガラスの戸には鍵がかかっている。普通の錠前であれば鍵がなければ開けることはできないが、これは大丈夫だ。セルレイナは錠前を手に取って微笑んだ。

「これ、正面の鍵穴は偽物なのですよ。本当は符号錠なのです。ここの後ろにある四つのダイヤルの数字を正しい順に回すと……」

セルレイナが番号を知っている順に揃えると、カチリという音がして手の中の鍵が開いた。セルレイナはにっこり笑う。

「どうやら番号は一年前と変わっていないようですね」

「お見事です」

リーズリーが感心したように呟いた。

「見事と言われるものでもないわ。家族と庭師はみんな知っているんですよ、番号。変わってなくてよかった」

慣れた様子で鍵を取り外すと、温室の戸を開ける。

まだ日が高いせいか、ガラスを通して入り込んだ陽射しが植物に当たってキラキラと輝いている。ところ狭しと並んだ南国の植物は圧巻だ。

「曽祖父自慢の温室です。貴重な植物もあるんですよ。ここが燃えなくてよかったです」

「素晴らしい眺めです」

天井を見上げたり、植物に見とれていたリーズリーだったが、すぐに我に返り、ついてきた兵士に命じた。

「誰も入らないように外で見張っていてくれ」

「了解しました」

「さぁ、行きましょう。セルレイナ様」

セルレイナとリーズリーは温室の中に足を踏み入れた。

「昔はもっと広かったのです。だから小さい頃はお姉様とよくここに入って追いかけっこをしていました。半分の面積になって通路も狭くなってしまったから、かけっこなんてできなくなって、足が遠のいてしまいましたが……」

セルレイナが説明しながら、二人は目的の場所に向かって狭い通路を歩いていく。

温室は庭師が時々訪れて最低限の手入れをしていたようだが、やはり行き届かない部分もあるようで、場所によっては多少荒れていた。だが、何度も遊びにきた場所だ。目的の木のところへはすぐにたどり着いた。

「この木です。温室の中で一番大きな木でした。お姉様と私はよくこの太い幹の周りで追いかけっこをして遊んでいたのです」

けれど温室の半分を取り壊すことになり、もう遊べなくなると知ったナディーンとセルレイナは、この幹の下に当時の宝物を詰めた箱を埋めることにしたのだ。なぜそうしたのかはもう覚えていないが、おそらく何かの本で読んだのだろう。

低い柵を乗り越えて、セルレイナは木の後ろに回った。そこが宝箱を埋めた場所だ。

「ここです。確かここにお姉様と穴を掘って埋めたのです」

「そこだけ土の様子が周囲と少し違っていますね。十年以上前のものとは思えませんので、最近掘り返されたのでしょう」

「ではやっぱりお姉様が……」

「掘り返してみましょう」

幸い、温室の中には庭師の使っていた道具入れがあり、その中からちょうどいい大きさのスコップも見つかった。

セルレイナの指示した場所をリーズリーがスコップで掘り返していく。三十センチほど掘り進めたところで、リーズリーの手が止まった。

小さな古い宝箱に行き当たったのだ。宝箱には見覚えがあった。幼い頃ナディーンと二人でここに埋めたものだ。そして宝箱の隣には別の箱があった。宝箱より少し大きめで、土で汚れていたが、まだ真新しいものだった。

「おそらくこれがナディーン嬢の隠したものでしょう」

リーズリーは小さな古い宝箱をセルレイナに手渡し、大きめの箱の方も取り出した。簡単に土を戻して穴を隠すと、二人は掘り出された箱を見下ろした。

「……開けてみましょう」

提案したのはセルレイナだった。

このまま王宮に運ぶことも考えたが、もしもまったく異なるものだったら困る。一応中身を確認して、ナディーンがここに埋めたものだと確信が持てたら改めて王宮に持参すればいい。

「そうですね。中身を確認してみましょう」

箱に鍵はかかっていなかった。屈みこんだリーズリーが箱の上に残った土を払って開ける。すると中にはどこかで見たような袋が入っていた。

セルレイナは息を呑む。

「その袋は……お姉様が持っていた袋だわ！」

間違いない。あの日、ナディーンが机の引き出しの中身を詰め込んでいた袋だ。

――やっぱりあの日、お姉様は証拠を持ち出すために家に戻ってきていたのね。

ではこの箱はナディーンが埋めたものに間違いない。

袋の閉じ口をリーズリーが開く。中からはいくつかのメモ書きと手紙が二、三通入っていた。メモにはナディーンの字で人の名前らしきものが書かれてある。

リーズリーが息を呑んだ。

「これは……この名前は、ベルマン国に送り込んだ軍の間者があちらで使っていた名前です」

「戦争が始まる前に殺されていたという？」

「はい。そうです。こちらの名前もそうですね。あとこれも」

メモに走り書きされた名前はすべてベルマン国に派遣されていた間者の名前だった。

おそらく軍の幹部に名前を聞いたナディーンが忘れないうちに急いで書き取ったものなのだろう。

――ああ、やっぱりお姉様は情報漏えいに関わっていたのね……。

いざ証拠を目の前にすると、やはり動揺せずにはいられなかった。

レヴィアスから聞いていたのに、セルレイナはやっぱり心のどこかで信じていたのだ……ナディーン《姉》のことを。

「こちらの手紙は……指示書のようですね」

メモの他に袋の中に入っていた手紙をリーズリーが広げる。手紙には標的の名前と、相手の好みや嗜好、それに大まかな予定が書かれていた。そして標的から聞き出す情報のことも。リーズリーの言うように、これは明らかに指示書だった。

けれどセルレイナにはその内容よりも、書かれていた文字や、手紙の差出人の名前の方が衝撃的だった。

その字には見覚えがあった。

「まさか、本当の裏切り者って……」

さっと血の気が引いた。そう、ナディーンに指示を出していた手紙の筆跡はローランドのものだったのだ。

――まさか、ローランドお兄様が？

信じられない思いがする一方で、心のどこかで納得していた。パズルの欠片《ピース》があるべき場所にかちりと嵌まったような感覚だ。

おかしいと思ったのだ。あのナディーンが、知り合って間もない裏切り者のために汚い手を使って情報を得ることなどあり得ないと。でもその相手がローランドなら話は別だ。

ナディーンが恋多き女と謗《そし》りを受けてまで従うとなればこれほど当てはまる相手はいまい。何しろナディーンは昔からローランドに好意を抱いていたのだから……！

それに、ナディーンから手紙が来て間を置かずにブロードア伯爵家が襲われたのも納得がいく。セルレイナが自らローランドに手紙を見せたのだから。彼はナディーンの持つ証拠が表沙汰になれば自分の立場が危ないと、即行動に移したのだろう。

――ああ、なんてこと。家が放火されたのも、私がローランドお兄様に手紙を見せたせいだわ！

「す、すぐにこれをレヴィアス様に届けないと……！」

リーズリーに向けて言った時だった。不意に、リーズリーでもセルレイナでもない第三者の声が響いた。

「おや、そんなところにあったのか」

驚く間もなく木の陰からいきなり人影が出てきて、屈みこんでいたリーズリーを背中から刺した。振り返って剣を抜く余裕すらない、完全な不意打ちだった。

ズブリと嫌な音が響いた直後、リーズリーの身体ががくりと前に倒れていく。

「きゃあああ！　リーズリー様！」

温室にセルレイナの悲鳴が響き渡った。

「リーズリー様、しっかりして！」

倒れ込んだリーズリーの背中からドクドクと血が流れていく。血に塗《まみ》れるのも構わず助け起こすと、リーズリーは薄目を開けて告げた。

「……セルレイナ、様。お逃げくださ……」

だが、かろうじて小さな声でそう言った直後、リーズリーは目を閉じた。意識と力を失った彼の身体が急に重く感じられて、セルレイナは恐ろしくなった。

――まさか、死……いいえ、いいえ、絶対にそんなことはさせない！

「ローランド、お兄様……！」

木の陰から出てきてリーズリーを襲った相手を、セルレイナは怒りとともに見返した。

そう、突然現れてリーズリーを刺したのはローランドだったのだ。

「お手柄だねセルレイナ。僕はそれを捜していたんだ。まさかこんなところに隠していたとはな」

「……どうやってここへ入ってきたの？　外で兵士が見張っていたはずなのに」

――まさか、外にいる警備の兵士まで殺してしまった……？

「いや、最初から温室の中にいたよ。君たちの姿を見てとっさに裏口から温室の中に入って身を隠していた。まさか、ナディーンがこんなところに証拠を隠していたなんて盲点だったな」

セルレイナはぐっと下唇を噛んだ。温室にはセルレイナたちが入ってきた入り口とは別の出入り口が存在する。そちらの方も施錠していたはずだが、ローランドも番号を知っていたのだろう。

きっとあのフードの人物がローランドだったのだ。セルレイナたちの姿を見て逃げたフリをして、温室の中に隠れて様子を見るつもりだったに違いない。

セルレイナたちが温室に入ってきた時も植物の間に潜んでいて……そして証拠が出てきたと同時にリーズリーを不意打ちで襲った。そういうことだろう。

「全部、全部ローランドお兄様のせいだったのね。お姉様の恋心を利用して、お姉様の美貌に群がる男たちから重要な機密を聞き出しては敵国の間者に売っていた。そうなんでしょう？」

「おや、そこまで知っていたんだね、君は。リスティン公爵から聞いたのかな？　ああ、そうとも。ナディーンの美しさと僕が仕込んだ性技があれば、どんな男も虜にならずにはいられない。これを利用しない手はないじゃないか」

ローランドはくすくすと笑った。それはいつもの柔和な笑みではなく、どこか人をぞっとさせる類《たぐい》の笑みだった。

――どうして私は気づかなかったのかしら。ローランドお兄様がこういう人だということを。

それは彼が己の本心を隠していた上に、演技が上手だったからだ。彼はそうして人のよさそうな人物を演じて人々を信頼させ、裏では裏切り行為に手を染めていたのだ。

「どうして国を裏切ったのです？　どうしてそんな犯罪にお姉様を巻き込んだの！」

「だって仕方ないじゃないか。お金が必要だったんだ。国から支払われる書記官としての給料じゃとてもやっていけない。それに、君も知っている通り、父上の借金のせいで領地も屋敷も売るしかなくて、何もかも手放したのに借金だけが残った。なんとか貴族としての体面を保つためにはお金が必要だったんだよ」

　確かにローランドの家は彼の父親が賭博でこしらえた借金のせいで領地も邸宅も失った。残ったのはそれでも返しきれなかった借金と、爵位だけ。その中でローランドは逆境にも負けずに頑張って一人で自分の道を切り開いている。そう思っていたのだ。けれど違った。彼の手は裏切りと犯罪によってとっくに血に染まっていたのだ。

「ナディーンはね、最初は嫌がっていたが、将来結婚した時に君と堂々と肩を並べられるようになるためだと言ったら協力してくれるようになった。軍の男たちを次々と骨抜きにして必要な情報を引き出してくれた。……なぜ軍人だったかって？　ベルマン国が欲しがったのが軍事に関わる情報だったからだよ。おかげでたんまり金を稼ぐことができた」

　にやりと笑うローランドを見てセルレイナは吐き気がした。

　――ああ、お姉様。どれほど辛かったでしょう。悲しかったでしょう。

　ナディーンは愛する男のために、文字通り身体を張って協力したのだ。それなのに……。

「ナディーンがリステイン公爵に求婚された時も彼女は嫌がったんだが、公爵で将軍でもある彼から軍の重要情報を聞き出すことができるなら安いものじゃないか。離婚ならいつでもできると説得した。ブロードアの伯父上や伯母上もこの結婚に乗り気だったから、ナディーンが説得に応じるまでそんなに時間はかからなかったよ。だが……リステイン公爵との結婚が運の尽きだったんだ。どうも彼はナディーンから敵国に情報が漏れていることを嗅《か》ぎつけていたみたいだね。そのせいで偽の情報を摑まされて、ボードダールが戦争に勝ってしまい、ベルマン国はせっかく獲得した領地を失ってしまった」

ローランドはそのせいでベルマン国の信頼を失い、お金を得る機会も失った。しかも、偽情報を摑まされたということは、ボードダール軍……いや、レヴィアスに情報漏えいが露見しているということでもあった。

そこでローランドは己の保身のために、間者や情報漏えいに関わっていたすべての人間を殺して証拠の隠滅を図ろうとしたのだった。

「ところが、カーレル……ベルマン国の間者のまとめ役の男を殺し損ねた上に、ナディーンと一緒に逃げられてしまった。結果的にこの国に僕がやったことを知る者はいなくなったわけだが、ナディーンは証拠の品と一緒に逃げたからね。それが世に出れば僕は破滅する。どうしてもナディーンが持っている証拠を消し、彼女もカーレルも殺さないといけなかった」

そこまで言うと、ローランドはセルレイナを見てにやりと笑った。

嫌な予感を覚えて、セルレイナは奪われまいとメモと手紙が入った袋を手繰り寄せ、しっかりと握り締める。これは大事な証拠だ。これだけは死守しなければならない。

「僕はどうしたら逃げたナディーンたちの情報が得られるかと考えた。答えは君だった。ナディーンは家族の中で唯一気にかけている君にいつか必ず連絡してくるだろうと思った。果たしてその通りになった」

あとはセルレイナが予想した通りだった。ナディーンがセルレイナに宛てた手紙から、彼女の隠したものが自分が関与していた証拠だと推測したローランドは、ならず者たちを雇ってセルレイナの両親の屋敷を襲わせ、火を放ったのだ。証拠を消すために。

けれど、セルレイナが王宮にいない間にもナディーンから手紙が送られてきていて、それを従兄という立場を利用して手に入れていたローランドは、証拠がまだ消えていないことを知って、捜していたのだという。

「でもようやく見つかった。あとは君とナディーンを捜し出して消せば、僕は安泰だ。望んでいた地位も身分も権力もいずれ手に入る。今はまだ女相続人の婚約者でしかないがジルファン侯爵もあのうるさい令嬢もそのうち消えてもらう予定だ。そうすればすべて僕のものだ。金も、豊かな土地も！」

ローランドは言いながら、手にしていた剣先をセルレイナに向ける。その剣はリーズリーの血で濡れていた。

「それを渡すんだ、セルレイナ」

「いやです！　これはお姉様がレヴィアス様にと私に託したものです！　命に代えても渡しません！」

——ああ、どうして私はレヴィアス様の帰りを待って一緒に来なかったのかしら！

後悔しても後の祭りだ。唯一の頼りだったリーズリーは刺されて動けない。外にいる兵士にこのことを知らせたくても、入り口にたどり着く前に捕まってしまうだろう。

「お兄様、やめて！　自首して罪を償って！」

セルレイナは大声を出した。せめて外にいる兵士たちに異変を知らせることができればと思ってのことだった。けれどこの時放った言葉がローランドの逆鱗《げきりん》に触れたらしい。

「自首しろだと？　生まれた時から屋敷も土地もあって、なんでも簡単に与えられてきた君に、何が分かるんだ！」

突然、ローランドが逆上した。

「僕にはこれしか方法がなかったんだ！」

名ばかりの子爵の地位は食べていくには何の役にも立たない。そんな彼がもっと上の身分と土地を手に入れるには女相続人と結婚するしかなかった。うまくいけば代行として爵位を名乗ることもできるし、特別な許可さえあれば爵位そのものだって手に入れることができるからだ。それで最初に目を付けたのがナディーンだ。父親はナディーンに婿を迎えて家の跡を継がせるつもりだったからだ。

けれどローランドはブロードア伯爵位や狭い領地よりもっと高い地位を望んでいた。そこで彼はナディーンを利用して機密情報を得て敵国に売る一方で、得たお金を使って侯爵家の一人娘をたらしこんだ。

彼女と結婚すれば侯爵になれる。そのために、いつかは邪魔な存在になるであろうナディーンは利用し尽くした後に切り捨てるつもりだった。最初からそのつもりで騙していたのだ。

ローランドの口から出た、自分本位で碌《ろく》でもない妄言に、セルレイナは目の前が真っ赤になるほど強い怒りを覚えた。

「なんて酷い。お姉様はあなたが好きだったのに……！」

そうだ、ナディーンはローランドを愛していた。彼女が独占欲を覚えるのはローランドくらいだった。情熱的で一途な彼女は幼い頃から彼しか見ていなかったのに。

「僕にとって女は単なる駒だ。僕の野望を叶えるためのね。そしていらなくなった駒は捨てればいい。新しい駒はいくらでもいる。さて、証拠も見つかったし、君はもういらない駒になった」

じりじりとローランドはセルレイナに近づいてくる。けれどリーズリーをここに放置して逃げることはできない。

それに逃げられるとは思えなかった。ローランドの横をすり抜けるしか逃げ道はない。

——どうしよう。どうしたらいいの？

「ナディーンも捜し出して姉妹一緒にあの世に送ってあげよう。……さようならセルレイナ」

目の前にやってきたローランドが剣を振りかぶり、セルレイナの頭に向かって下ろす。

「……っ！」

セルレイナは袋をぎゅっと胸に抱き、目を閉じて襲いかかってくるだろう痛みを覚悟した。

——キィィイン。

頭上で、金属と金属がぶつかり合う音がした。

いつまで経ってもやってこない痛みに、セルレイナはそっと目を開ける。すると、セルレイナを両断するはずだった鋭い剣を、剣身で受け止めている人物がいた。

「レヴィアス、様……」

見上げて呆然と呟く。

剣を受け止めていたのはレヴィアスだった。

「セルレイナ、下がっていなさい」

静かな声で告げられる言葉は命令のようだった。セルレイナは彼の言うことに従い、剣が届かない範囲に下がった。

驚いたのはローランドも同じだ。突然横から飛び出して妨害されたのだから。

「貴様、どこから……っ」

正面の戸が開いた気配はなく、人が近づいてくる気配もなかった。ローランドにとってレヴィアスはどこからともなく魔法のように現れたように見えたに違いない。

「簡単なことだ。お前の入った裏口からだ。お前が先に入ったことで鍵がかかっていなかったからな。そして裏口からなら木々に身を隠しながらここまで近づいてこれる」

「くっ……」

ローランドはまさに彼がしたのと同じやり方でレヴィアスの接近を許してしまったことに気づき、舌打ちをした。

「ようやく出てきたな。いや、のこのこ出てきた、と言うべきか」

満身の力を込めて振り下ろされた剣を受け止めているというのに、レヴィアスの表情は淡々としていた。まるで剣の重みを感じていないようだった。

振り下ろそうとする剣と止める剣。

有利なのはローランドのはずだった。けれど、レヴィアスは鍛え上げられた軍人だ。一方、ローランドは貴族男性の嗜みとして剣を習ったことはあっても所詮は文官だ。剣の扱いに慣れているわけでもない。

勝負はあっという間についた。ローランドの剣を軽々と押し戻したレヴィアスがその手から剣を弾き飛ばし、その喉元に剣先を突きつける。

「お前の負けだ。ローランド・ディンゼル」

青い目に冷え冷えとした光を浮かべてレヴィアスが告げる。

「反逆罪で捕縛する。抵抗するなら命を奪われることも覚悟するんだな」

「くっ、まだだ。いくらナディーン宛ての手紙があったとしても、その情報を僕が敵国の間者に売った証拠はない！　あいつらはみんな死んでいるんだからな！」

ローランドはふてぶてしい笑みを浮かべて吐き捨てた。

そこに、レヴィアスでもローランドでも、ましてや倒れ込んだままのリーズリーでもない、まったく聞き覚えのない声が聞こえた。

「残念だったな。生きているぞ」

そう言って木の陰から現れたのは三十代半ばの灰色の髪の男性だった。

「お前は――――！」

先ほどまでふてぶてしい笑みを浮かべていたローランドの顔がさぁっと青ざめた。

「カーレル！」

現れた男性の後ろからまた別の女性が現れた。セルレイナはその女性の顔を見て息を呑む。

「お姉様……」

男性と一緒に現れたのはナディーンだった。一年前よりさらに美しくなっていたナディーンはセルレイナに目を向けてにっこりと輝くような笑みを浮かべた。

「ふふ、久しぶりね、おちびちゃん。そして――」

次にナディーンの目が向けられたのはローランドだった。

「ローランド。お久しぶりね、ずいぶんといいざまじゃない？」

嘲《あざけ》るような声に驚愕していたローランドが我に返る。

「お前……！　ナディーン！」

「私もカーレルも亡霊じゃないわ、本物よ。あなたのために危険を冒して帰ってきたんだから、少しは喜ぶべきじゃない？」

「貴様っ……」

「あらあら、柔和な書記官が聞いて呆れるわ。殺そうとした相手がいるからびっくりした

のかしら？」

　ナディーンの言葉に応じるように見知らぬ男性が一歩前に出た。

「そうだ。お前は俺を殺し損ねた。祖国からはお尋ね者になって帰る場所もないし、義理もなくなった。お前を破滅させるために、今度は俺がこの国にお前を売ったんだ。気分はどうだ？」

「カーレル、貴様っ……」

「さっきから貴様貴様とうるさい奴だな。自分がやったことをやり返されるとは思っていなかったのか？　そりゃあ、間抜けすぎるな。だからナディーンの策に嵌まって自滅するんだ」

「ナディーンの策だと……？」

「そうよ。あなたは私が持ち逃げした証拠が世に出ることを恐れていたわよね。だからセルレイナに手紙を送ればあなたは絶対に反応すると思ったの。あなたは『姉妹だけが知っている場所にあるという証拠』に気を取られて、周囲への警戒が疎かになったわ。軍の動きにも気づいていなかった。あなたを捕まえるために私たちがレヴィアスと……いえ、軍と協力し合っていたことにもね。ふふふ。あなたが王都で目撃された私たちの噂や、私がセルレイナに送った手紙に翻弄されている様子ったら！」

くすくす笑いながら説明するナディーンを見るローランドの顔は、恐怖で青ざめたり、怒りで真っ赤になったりと忙しかった。

「ナディーン、貴様！　貴様！」

「やあねぇ、カーレルの言う通り、バカの一つ覚えのように貴様貴様って。ローランド、私はね、あなたが破滅するところを見るために戻ってきたのよ。とてもいい見世物だったわ」

楽しげに笑うナディーンは昔と変わらない自由奔放な姉そのものだった。

──つ、つまり私たちはお姉様の手のひらの上だったの？

レヴィアスが前に出てローランドを剣の柄で殴り飛ばした。

「ぐはっ……！」

ローランドは殴られた衝撃で地面に倒れ込み、痛みにのた打ち回った。ナディーンがくすくすと鈴を転がすような声で笑った。

「あらあら、歯も欠けて色男が台無しよ。あなたの婚約者の侯爵令嬢は顔を腫らして前歯の欠けたあなたを見て一体なんて言うかしらね。ああ、でもその婚約ももうおしまいか。犯罪者に関わったら自分の立場が危ういものね。ジルファン侯爵家はあなたとはサッサと縁を切るでしょうよ。切り捨てられる痛み、存分に味わうといいわ、ローランド」

朗らかな口調なのに、ナディーンの言葉には多量の毒が含まれていた。

レヴィアスが冷ややかな声で告げる。

「お前は終わりだ。もうすでにナディーンから直接お前が関わった証拠と証言も得ている。ナディーンの手紙にあった『姉妹だけが知っている場所にあるという証拠』にお前が気を取られている間にな。お前はナディーンの手のひらで踊らされていただけ。――これが彼女の復讐だ」


兵士がローランドに縄をかけて温室から連れ出していく。

リーズリーも担架《たんか》で運ばれていったが、幸いなことに急所は外れていて命に別状はないようだ。

セルレイナは安堵して、医者のもとへ運ばれていくリーズリーを見送った。

そんな彼女にナディーンが近づいて頭を下げた。

「危険な目に遭わせてごめんなさい、セルレイナ。でもあいつを罠にかけるためにはあなたを利用するのが最適だったの。レヴィアスがあなたを絶対に守ると分かっていたたし」

「お姉様……」

一体どうして王都にいるのか。軍と……レヴィアスと協力しているとはどういうことなのか、知りたいことはたくさんあった。けれど、口から出てきたのは問いかけの言葉ではなかった。

「お姉様、無事でよかった。会えてよかった……」

次々と涙が溢れて零れ落ちていく。それに慌てたのはナディーンだった。

「ちょ、ちょっと泣かないでよ、おちびちゃんったら。私が泣かしたみたいじゃない。いえ、私が泣かしたんでしょうけど！　ああ、もう、レヴィアス、こっちへ来て、この子を泣きやませて！」

その声に、温室の外に出て兵士に指示を出していたレヴィアスが戻ってくる。そしてセルレイナの涙を見て彼女を胸に抱き寄せると、ナディーンを睨みつけた。

「君が泣かせたのか。まったく。……セルレイナ、大丈夫だ。私がいる。もう恐れることはない」

少し見当違いのことを言いながらレヴィアスはセルレイナの瞼にキスを落とした。

「まぁ、見た、カーレル？　冷静沈着でベルマン国では戦いの天才と恐れられているリステイン将軍が、今まで見たこともないくらいに甘々だわ！」

「……邪魔してやるなよ、ナディーン……」

二人の会話にセルレイナは泣きやんで目を向けると、ナディーンを窘めている男性と目が合った。

――確か間者だった男性でカーレルという人だったわよね。

「俺とは初めましてだな。俺はカーレル。本名ではないが、昔の名前はとうに捨てたからカーレルでいい」

カーレルは簡単に自分の立場をセルレイナに説明した。

彼はベルマン国の元間者で、商人としてこの国に潜り込んでいたのだと言う。ところが一年前、口封じのためにローランドに殺されそうになった。間一髪で助かったものの、仲間は次々と殺されて生き残ったのは彼だけになってしまった。カーレルは仲間の仇《かたき》を取るためにローランドへの復讐を誓い、そして同じく命を狙われていたナディーンを連れて外国に逃げたのだ。

「あいつに利用されて切り捨てられて、殺されそうになった。彼女はいわば同志だな。この一年、ずっとあいつに復讐する機会を窺っていた。で、リステイン将軍が戻ってきたというので、我々も行動することにしたんだ」

「おちびちゃんに手紙を送るのと同時にレヴィアスにも手紙を送って条件付きで協力を仰いだの。証拠は渡すから私たちの復讐に手を貸して欲しいってね」

　はぁ、とため息をつきながらレヴィアスが補足する。

「ナディーンが持ってきた証拠だけでローランドを捕縛するのには十分だったが、それだけでは十分じゃないと言い出してな。まぁ、その頃にはすでに君にあの手紙を出して、君をがっつり巻き込んでいたわけだが」

　じろりとレヴィアスはナディーンを睨みつけた。

「だって面白かったんだもの。私がセルレイナ宛てに王宮に送った手紙に翻弄されて、あいつ、何度も何度もブロードア伯爵邸の跡地に出向いたりしてさ」

　ナディーンはセルレイナ宛てに……もちろん、ローランドが手紙を盗み読むことを重々承知でわざと証拠についてあれこれ書いたらしい。

『屋敷が焼けたって聞いたわ。あなたは大丈夫だった？　火災は怖いわね。その点〝姉妹の秘密の場所〟は焼ける心配がないから安心だわ』

　そんなふうに「証拠は無事」といった文面を何度も出し、ローランドを慌てさせていたらしい。

　――どうりで放火で屋敷が燃えた後も、ローランドお兄様が警戒して跡地に現れていたわけだわ。

「私が王都に現れたという噂で、ますます焦って証拠を探し出さなきゃって思ったみたい。

自滅してくれて助かったわ」

「何が面白かっただ。そのせいで屋敷は焼け落ちるし、セルレイナは狙われるし、君は家族に迷惑しかかけられないのか」

「でもそのおかげでお父様もお母様も多少は目を覚ましたみたいだし、結果的に大団円を迎えたからいいじゃないの」

「よくはないだろう」

セルレイナは姉とレヴィアスのやり取りを黙って聞いていた。彼らが話す内容よりも、二人の関係の方が気になってしまったのだ。

駆け落ちした元妻と逃げられた元夫という間柄にしては妙に親しい感じがして、ついセルレイナはもやもやしてしまう。

――やっぱりレヴィアス様はお姉様のことをまだ……。

するとセルレイナの心を読んだかのようにナディーンがいきなり片目をつぶって悪戯《いたずら》っぽく笑いながら言った。

「おちびちゃん、誤解しないでね。私とレヴィアスの間には何もないわ。この男、私が情報漏えいに関わっていたから見張るためだけに私を妻に迎えたの」

「え？」

驚いたようにレヴィアスを見上げると、彼はほんの少しばつが悪そうに目を逸らした。

——本当なの？　レヴィアス様がお姉様を見初めて結婚したわけではないの？

「誰かさんは婚約者の妹に惹かれていたけど、役目があるから泣く泣く私と結婚したのよね」

「ナディーン！」

「はいはい、退散するわよ。私にとってあなたは私を利用したクズな男の一人だけど、ローランドよりはましね。これからはこの男があなたを守ってくれるでしょう。姉としての私の役割は終わりだわ。幸せになりなさいな、おちびちゃん」

おちびちゃん。それは幼い頃ナディーンが付けたセルレイナの呼び名だった。あの頃セルレイナは本当に小さくて、大好きなナディーンの後をちょこちょことついて回っていた。

当時のことを思い出し、じわりと涙が浮かんだ。

「お姉様……行ってしまうの？」

ナディーンと別れることを考えるとセルレイナの胸は苦しくなった。なんだかんだ言ってもセルレイナはナディーンのことが大好きなのだ。

「ええ。王都では私の顔は有名すぎるんですもの。カーレルはローランドのせいで隣国でもお尋ね者だしね。レヴィアスと取引をして今回捕縛は免れたけど、悪名が過ぎるから、離れているのが一番いいの。でもね、離れていても私はあなたの姉よ。それを忘れないで、おちびちゃん」

「お姉様……！」

セルレイナはナディーンに抱きついた。ナディーンもセルレイナを抱き返す。一年前とは異なり、姉妹は抱き合って別れを惜しんだ。

「あ、そうだわ。埋めた宝箱、どうしようかしら？」

木の下から掘り起こしたのは証拠品だけではなく、幼い頃に姉妹が埋めた宝箱もあったのだ。古い宝箱を示してセルレイナはナディーンに問いかける。

これは二人のものだ。セルレイナが独断で宝箱をどうこうするわけにもいかなかった。

ナディーンは微笑んで答える。

「私にはもう必要のないものだから、セルレイナ、あなたに預けておくわ。中身も全部あなたにあげる。好きにしていいわ」

「……いつかまたお姉様が見たくなるかもしれないから、ちゃんと保管しておくわ」

「そう。ありがとう、頼むわ。じゃあ私たちはそろそろ行くわね。セルレイナ。元気でいるのよ」

「お姉様も……お姉様もお元気で！」

セルレイナは裏口から出て行くナディーンとカーレルを見送った。もしかしたら、もうナディーンと会うことはないかもしれない。永遠の別れの予感に涙が溢れてきたが、一年前とは違ってセルレイナはどこか晴れやかな気持ちだった。

後日、諸々のことが落ち着いたセルレイナは、古くなった宝箱を開けた。そこには幼い頃に大切にしていた石やリボン、綺麗な色のボタンなどが入っていた。どれもセルレイナが入れたものだ。

ナディーンが宝箱に入れたのは、十年後の自分に宛てた手紙だった。宝箱の存在を忘れてしまったセルレイナはともかく、なぜ覚えていたはずのナディーンが三年前に掘り返さなかったのか。少し不思議に思っていたのだが、手紙を読んで納得できた。幼い頃に願った夢が叶えられないことをすでに知っていたからなのだ。

手紙には少し拙い字でこう書かれていた。

『十年後の私へ。
十年後だと私は十八歳になっているわね。きっともう結婚していると思う。相手が誰か当てるわね、ローランドでしょう？

私たちが結婚して二人でブロードア伯爵家を継ぐんだって、お父様は言っていたもの。だから私の相手はローランドのはず。当たっているでしょう？

結婚したら私、子どもは三人欲しいわ。一人は女の子。可愛い洋服を着せていっぱい可愛がるの。

男の子は二人ね。上の子はブロードア伯爵家を、下の子にはローランドのディンゼル子爵家を継がせるの。もう決めているの。

そしてローランドと一緒にブロードア伯爵家を盛り立てていくわ。

十年後の私は幸せかしら。きっと幸せに決まっているわ。

だからそれまでさようなら。

十年前の私より』

セルレイナはその文を読んで泣いてしまった。

そこにはナディーンが願った、女としての当たり前の幸せが書かれてあったのだ。

——ああ、お姉様は本当にローランドお兄様を愛していたのだわ。

だからこそ復讐したかったのだ。夢と愛を壊した男に。

手紙を戻し、セルレイナはそっと宝箱を抱きしめて願うのだった。

――どうか、どうか、お姉様が幸せを取り戻せますように、と。

＊＊＊

事件が解決し、このまま一度別荘へ戻ると思っていたセルレイナを、レヴィアスは王都にある本宅へ連れて行った。

そこでセルレイナは懐かしい人に迎えられる。執事のゼインだった。

「お帰りなさいませ、旦那様。そしていらっしゃいませ。お久しぶりですね。セルレイナ様」

「……ゼイン。お久しぶりです」

彼と最後に会ったのは、レヴィアスと一晩過ごした次の日の朝のことだ。セルレイナは彼に口止めを頼み、馬車を用意するという彼の言葉を振り切って逃げ出した。

その時のことを思い出し、少し恥ずかしくなる。

「ゼイン。この後誰が来ても取り次ぐなよ。たとえ国王陛下の使者であってもだ」

レヴィアスが言うと、ゼインは心得たように微笑んだ。

「承知いたしました」

「え、待ってください。陛下の使者を無視しては大事《おおごと》になるのでは……」

狼狽えるセルレイナを無視して、レヴィアスは彼女の手を摑んで螺旋階段を上がっていく。彼らを見送るゼインの眼差しはとても優しげだった。

レヴィアスがセルレイナを連れて行ったのは、いつか足を踏み入れたことのある部屋――彼の自室だった。さらに彼は長椅子の方に彼女を導いていく。

そこはセルレイナが初めてレヴィアスと契った、いや、過ちを犯した場所だ。

――レヴィアス様は覚えてはいらっしゃらないのでしょうけど……。

あの夜のことを思い出して、セルレイナはそわそわと落ち着かなかった。

「あ、あの……他の椅子に……」

「いや、ここがいいんだ」

レヴィアスは言うなり、セルレイナを抱き寄せて耳元で囁いた。

「ようやく全部終わった。私たちを隔てるものはなくなった。……だから、最初からやり直したいんだ。ここで、私たちが一番初めに愛を交わした場所から」

「――――え？」

セルレイナは目を見開いてレヴィアスを見つめる。

もしかしてレヴィアスは覚えているのだろうか。あの夜のことを。

「お、お酒に酔って覚えていないんじゃ……」

「もちろん、覚えているさ。私は酒には強い方でな。ほろ酔いすることはあっても今まで一度も記憶を失くしたことなんてない。あの夜のこともきちんと覚えている」

血の気が引くのを感じて、セルレイナはぶるぶると震えだした。

「……な、だったら、どうして何も言わずに……」

「戦争前だったし、あの当時はまだ私はナディーンと婚姻関係にあったからな。君に会って話をしてから戦争に行きたかったが、私が口にできる言葉はなかった。何も約束できない身なのに、君に会う資格はないと思ったよ。だから、ナディーンとの離婚を申し立てて戦争に行った。帰ってきた時には、独り身で君の前に現れるために」

初めて知った事実に、セルレイナは目を見開いた。

覚えているだけでなく、レヴィアスはそこまで考えてくれていたのか。

じわりじわりとセルレイナの中で希望が頭をもたげる。けれど、それはすぐに萎《しぼ》んでしまった。

一年後に再会した時の彼の態度を思い出したからだ。

「だったら、どうして、戦争から戻ってきて王宮で再会した時、あんなに私を睨んでいたのですか？　別荘で会った時もあなたは私に怒っていました。肉体関係を強要しながら、憎んでいるとまで言っていました。だから私はあなたを捨てたお姉様の妹だからだと……」

あの時のことを思い出すと胸が締めつけられそうになる。無理やり官能を引きずり出され、ナディーンと同じだと罵られながら抱かれた。

「レヴィアス様の言うことなど信じられません。だって、だったら、どうして……」

涙が滲んで、目の端から次々と零れ落ちていく。

「セルレイナ、泣かないでくれ」

レヴィアスはセルレイナを抱きしめると、慰めるかのように耳に囁いた。

「君を愛している。ナディーンのことは何とも思っていない。確かにナディーンに対して怒りは感じていたが、君に対して怒っていたのはそれとはまた別だ。どうして怒っていたかと言えば……嫉妬もしていたし、君があの夜をなかったことにしたのにも腹を立てていたからだ。もちろん、それだけじゃない。色々重なったせいでもあるし、私が未熟だったからでもある。でもこれだけは真実だ。君を愛している。ナディーンと婚約して、初めて君に会った時から、ずっと……」

「……お姉様と婚約していた時、から……？」

セルレイナは目を何度も瞬かせると、不思議そうに見上げた。涙はすっかり止まっていた。

——待って、それではレヴィアス様はお姉様と結婚する前から私のことを？

緑色の大きな目に見つめられ、レヴィアスはばつが悪そうに視線を逸らした。こんなレヴィアスをついさっきも見た気がする。ナディーンに「見張るためだけに妻に迎えた」と言われた時のことだ。

「あの、お姉様が言っていた、レヴィアス様が情報漏えいの件でお姉様を疑っていて、見張るためだけに結婚したというのは……」

しばらくレヴィアスは黙っていたが、ついに観念して言った。

「その通りだ。私はナディーンをはじめから疑っていて、見張るためだけに結婚を申し込んだんだ。……ああ、君の言いたいことは分かる。そんなことのために結婚までするのか、だろう？　だがその通りだ。君に軽蔑されるかもしれないが、私にとって結婚などたいして価値がなく、餌として使えるくらいの認識だったんだ」

レヴィアスは公爵家の嫡男として生まれて、国に生涯を捧げるつもりで軍に入った。彼にとって結婚は単に次代へ爵位を繋げるための手段でしかなく、人生において重要なものではなかった。

だから簡単に、ナディーンを見張るためだけに結婚という餌を差し出せたし、事件が解決すれば離婚すればいいくらいの認識だったのだと言う。

「当時、私たちは情報漏えいに関わる者たちの調査を進めていた。早い段階でナディーンの名前は出ていたんだが、彼女と間者を結び付けるものがなかった」

なくて当然だ。ナディーンはローランドに伝えただけで、直接間者との接触はなかったのだから。けれど、当時レヴィアスたちはナディーンが情報漏えいの犯人だと考えており、間者との結び付きを必死に探していた。

「だがなかなか見つからなかった。ちなみに当時は君たち家族も容疑者だった。だが、君たちをどれほど調べても、誰も間者との繋がりはなく手づまりだった。だから私がナディーンに惹かれたふりをして結婚して、彼女を常時探ることにしたんだ」

「そんなことのためにわざわざ結婚するなんて……」

あまりのやり方にセルレイナは絶句してしまった。レヴィアスは苦笑する。

「今は失敗だったと思う。婚約してすぐに君と出会って惹かれてしまい、自分がとんだ袋小路に入ったことを実感したよ。けれどこれは国家を守るための大事な仕事だった。私は君への想いを振り切ってナディーンと結婚した」

ちょうどその頃、奪われた領土を奪還するために兵を送ることになった。一度は失敗し、多大な犠牲を出した戦いをもう一度行うことになったのだ。

「今度もナディーンは我が軍の侵攻ルートの情報を送るだろうと考え、私は不自然にならない程度に彼女に嘘の情報を与えた。もしこれで嘘の情報が敵に渡ったのなら、ナディーンは完全にクロだ。少なくともナディーンと間者との繋がりが分かれば彼女を捕縛できるからな。……結果を言えば、ベルマン国には嘘の情報が回って我が軍が勝利した。と同時に、ナディーンが間者と接した形跡はなく、そこでようやく我々は第三者……黒幕がいることに気づいた。ナディーンや彼女の侍女のミミを泳がせて、ようやく当たりをつけたのがローランド・ディンゼルだ。だがここで私はローランドともどもナディーンを反逆罪で捕縛することに躊躇してしまった」

「どうしてですか？」

セルレイナが尋ねると、レヴィアスは彼女の頬に触れながら困ったように笑った。

「分からないか？　反逆罪は重罪だ。判明すれば家族にまで累が及ぶ。つまり、君の両親や君も、ナディーンと同じように処刑されてしまう」

「……そ、そう、ですね。そうなりますね……」

――本来であれば私とお父様やお母様はとっくに罪人として処刑されていたはずなのだ。

レヴィアス様が躊躇しなければ。

ようやくレヴィアスが言っていることに気づいたセルレイナは彼の手に触れた。

――もしかしてこの方は私たち家族のために……？

「私は君を犯罪者にはしたくなかった。だからまだ調べることがあると自分をごまかしてナディーンを泳がせていた。そうしている間に、ナディーンが逃げてしまい、捕らえることができなくなった。ナディーンがいなければ、ローランド・ディンゼルを捕まえるだけの証拠も揃わない。私は自分たちがやってきたことを台無しにした自分に怒りを覚えた」

「で、では、あの時、お酒を飲んでいたのは……」

「ああ。私は信念を捻じ曲げてナディーンを捕らえなかったことを後悔したし、そんな自分に唾棄《だき》したし、私にそんなことをさせた君にも怒りを覚えていた。ああそうだ、八つ当たりだ。君は何も悪くはない。単に私が好きになって自分勝手にやったことだった。だからこそ酒で憂さ晴らしをしていたんだ。正直、飲まないとやっていられない気分だった。そんな時に君がこの部屋に現れた……」

「ああ……」

セルレイナは思わず両手で顔を覆った。

怒りを覚えて酒で憂さ晴らしをしていたところに、彼の怒りの原因の一つがのこのこ現れたのだ。その時のレヴィアスの気持ちを考えれば、そう、セルレイナにその怒りをぶつけずにはいられなかっただろう。

──私はそんな時に自分から飛び込んでしまったのね、でも最初はまだレヴィアス様は私を帰そうとしていた。あの時はまだ理性があったのだわ。

その理性を引きちぎったのは──。

「君がやってきて、ナディーンのしたことで頭を下げて『自分にできることなら何でもする』と言った。私の中でまたもや悪魔が囁いた。君を奪ってしまえと。私のものだという刻印を押してしまえと。その結果があれだ。私は自己嫌悪に陥ったし、同時に、またもや君に怒りを覚えたよ。君は私との一夜をなかったことにしたいと望んだから……」

怒りはしたものの、セルレイナに対して何も言える立場にないレヴィアスは、連絡を取らないまま出陣した。

「だがその間、君の情報は欠かさず探って耳に入るようにしていた。そうしたら君が家を出てあのローランドのもとに身を寄せたというじゃないか。ローランドがもしあの場にいたらきっと殺していただろうな。嫉妬して。そんな自分が嫌だったし、自分を腑抜けにした君にもやっぱり怒りを覚えたよ」

だから凱旋帰国したレヴィアスはセルレイナを睨んでいたのだ。

「君は私の知らない男と楽しそうに話をしていたしな。ケイン補佐官だったか？　あの男を潰さなかった私の理性を褒めて欲しいくらいだ」

「ケイン補佐官とは何もありません！」

セルレイナが慌てて否定すると、レヴィアスは口を引き結んだ。

「当たり前だ。君は私のものだ。君を奪おうとするなら遠慮なく潰す」

怖い顔をして恐ろしい発言をした後、レヴィアスは話を戻した。

「どこまで話をしたんだったか。ああ、そうだ。そんな折、ナディーンから連絡が入り、ローランドを罠にかけると知った。私はそれを利用し、君の身柄を捕らえるフリをして自分の懐に囲い込んだ。……あとは知っての通りだ。私は君の身体を検査と称して堪能し、まぁ、言ってみれば自分好みに調教した。私以外の男に奪われないようにするためにな。でもそれは君にとっては重荷だっただろう。君が不安定になるにつれ、自分のやってきたことが嫌になった」

レヴィアスはセルレイナの頬を愛おしそうに撫でた。

「君に泣かれて参ったよ。自分を張り倒したいくらいだった」

「あ、あの時以降レヴィアス様が検査と言わなくなり、優しくなったのは……」

「拗《こじ》れてしまったものを少しでも元に戻したくてな。私が未熟だったばかりに八つ当たりのようなことをして君を悲しませた。私はおろかだった。誰よりも大切な君を傷つけてしまったのだから。でも、君を愛しているんだ。義兄と義妹として出会ったのでなければどんなによかったかと思った」

「わ、私もです。私もレヴィアス様がお義兄様でなければと思いました」

罪の意識に苦しんでいた時にはまったく見えなかったレヴィアスの心が、今のセルレイナには理解できた。だからこそ、永遠に口にするべきではないと戒めていた言葉を口にできるようになったのだ。

「愛してます。レヴィアス様」

告げたとたん、セルレイナの中に残っていた罪の意識がふっと軽くなるのを感じた。

「ああ、セルレイナ……」

レヴィアスはセルレイナの前で床に跪き、彼女の手を取った。まるで物語の騎士のように。

「私はこんな愚かな男だが、君を誰よりも愛している。ずっと私の傍らにいて欲しい。……妻として」

「つ、妻ですか？」

とたんにセルレイナの心は恐れのせいで萎縮した。元妻の妹と結婚するなど、どれほどの醜聞になるだろう。

「でも私は……お姉様の妹だから、世間が……」

「世間なんてくそくらえだ。私は君の気持ちが知りたい。もし妻になると言ってくれたなら、私が全力で君を守る。大丈夫だ。ナディーンのことも、醜聞のことも私に任せて欲しい」

「……レヴィアス様……」

真剣な眼差しで射貫くように言われ、セルレイナは少し迷いながらも頷いた。

世間の風当たりは強いだろう。貴族社会は保守的だ。ナディーンの妹であるセルレイナを彼らは認めないかもしれない。

でも、それでも、レヴィアスの妻になれるのだ。多少の非難など吹き飛ばしてみせる。

——でなければこの方に釣り合うわけがない。

セルレイナはレヴィアスの手をぎゅっと握り返した。

「レヴィアス様。私、あなたを信じます。何度も心が折れそうになったけれど、どうしてもあなたに対する想いを捨てられなかった」

「セルレイナ……」

二人はまるで引き合うかのように互いに近づき、そしてキスをした。最初は軽いキスだったが、たちまち深いものになる。

「ふっ、あ……ん、んんっ」

舌を絡ませ合い、唾液を交換する。飲み下しきれなかった唾液が繋がり合ったところから零れ落ちていったが、二人はまるで気にしなかった。

やがてレヴィアスが顔を上げ、長いキスに酔ってぼうっとしているセルレイナを長椅子に押し倒した。

「やり直したいんだ。ここで、ここから」

「あ、あの時だってレヴィアス様は優しかったし、とても素敵でした」

「だがあの時の私は心に怒りを抱えていた。今度は怒りなどない状態で君をここで抱いて、やり直したいんだ。最初から」

「レヴィアス様……」

レヴィアスはあの時と同じようにセルレイナのドレスを脱がしていった。あの日もレヴィアスはとても優しかったが、今度はその比ではない。脱がしながら現れた肌を言葉で称賛し、唇で触れていく。

「あっ……ん……」

くすぐったいような気持ちいいような不思議な感触に、セルレイナは時折ピクンと反応しながら鼻にかかった声で応じた。

「んっ……あ、は……」

シュミーズドレスが脱がされ、下着が下ろされ、そしてドロワーズが引き剥がされ、床に落とされた頃には、セルレイナは息も絶え絶えだった。

胸の先端はズキズキと疼き、両脚の付け根は奥から染み出してきた愛液で濡れている。処女だったあの時とは違い、今のセルレイナはレヴィアスにさんざん抱かれ、愛されることの悦びを知っている。

全身にくまなくキスをされ、愛撫されて身体が疼かないわけがない。

子宮は熱くなり、彼を受け入れる時を今か今かと待っている。セルレイナは思わず脚を開いて彼を誘った。しとどに濡れている部分を晒し、目で訴える。

いつもだったらレヴィアスはそれだけで興奮し、セルレイナの足を掴んで貫いていたことだろう。けれど今日はあの日のやり直しなのだ。そんな早急なことはできない。

「まったく小悪魔め……」

呟きながら、レヴィアスは自分の服を脱いでいく。

あの時、彼はここでは脱がなかった。でも今日は違う。セルレイナと同じように裸になり、自分の欲望を隠すことなく晒す。

レヴィアスは全裸になると、体重をかけて潰さないように注意しながら彼女の身体を自分の身体で覆った。

手を胸に滑らせて、膨らみを捕らえる。ゆっくり揉みながらレヴィアスは囁いた。

「ゆっくり、ゆっくりだ。本当はこんなふうに君と初夜を迎えたかった」

「あっ、んんっ、レヴィアス様ぁ」

じれったいほどゆっくりと、そして優しく触れられて、セルレイナの欲望はさらに煽られた。

「レヴィアス様、強くして。もっと乱暴でいいからっ」

訴えるが、レヴィアスは笑って首を横に振る。

「だめだ、あとほんの少し我慢して。もう少し私に味わわせてくれ」

「んっ、ああ、はぁ、あ、レヴィアス、様、レヴィアス様ぁ」

ぬぷっと指が差し込まれて、セルレイナの身体はビクンと揺れた。

「指を入れられるだけでイッたのか？　本当に敏感でイヤらしい身体だな」

「あっ、それは、レヴィアス様の、せい、なのに」

処女だったセルレイナの身体に快感を植えつけ、「検査」で女の悦びを余すところなく教え込んだのはレヴィアスだ。

「そうだな、私だ。私がこの身体に教え込んだ」

「あっ、や、あああ！」

中の敏感な部分を指で擦られ、セルレイナは甘い悲鳴を漏らす。

「この胸も、蜜を湛える秘密の場所も私のものだ。私だけのものだ」

「あっ、はぁ、ん。レヴィアス様、もっと、もっとちょうだい」

セルレイナの胎内から溢れる愛液は、止まる気配がなかった。

レヴィアスは二本の指でセルレイナの膣を解すと、ようやく彼女のぬかるんだ割れ目に猛った剛直を挿入していった。

「あっ、あっ、あああああ！」

狭い隘路をかき分けられるだけで達してしまったセルレイナは、縋るものを求めてレヴィアスのたくましい背中に手を回す。

あの時は手に感じたのはレヴィアスの服の感触だった。けれど、今は直に彼の肌のぬくもりを感じることができる。

「あっ、レヴィアス様、レヴィアス様！」

ねだるように自分に引き寄せる。もっと強く繋がりたかった。もっと激しく犯して欲しかった。

「ああっ、気持ちいい！　気持ちいいの！」

確かなリズムで貫かれ、揺さぶられて、セルレイナは悦びのあまり声を上げる。初めの時も素敵だったが、今の方がもっといい。

「セルレイナ、セルレイナ……！」

貫くリズムがどんどん速くなっていく。セルレイナは隘路をみっちりと埋め尽くす屹立をぎゅっと締めつけた。意図してのことではない。無意識の反応だ。

けれどそれが悪かったのだろう。レヴィアスは急にがつがつと腰を激しく打ちつけだした。

「ああ、くそっ。もう少し長引かそうと思ったのに！」

「ああっ、あ、ああっ」

ずんずんと奥を抉られ、セルレイナは嬌声を響かせながら絶頂に達する。すると、レヴィアスも我慢できなくなったように、最奥に打ちつけると、胎内に白濁を流し込んだ。

「あっ、あ、んっ……あ……」

いつものように子宮で子種を受け止めて、セルレイナはうっとりとレヴィアスを見上げた。

レヴィアスはすべて流し込むと、荒い息を吐く。どさりと力を失った身体を受け止め、セルレイナはほんのり汗で濡れた彼の髪を優しく撫でた。

息が整うと、レヴィアスは顔を上げ、セルレイナをじっと見つめる。青い目に熱をくすぶらせたまま、レヴィアスが笑った。

「あの時は確かベッドに連れて行って、長い間抱き合っていたんだったな？」

確かめるように問われて、セルレイナは恥ずかしそうにコクンと頷く。

あの夜は長椅子の上で処女を奪われた後、今度はベッドに場所を移して熱に浮かされるように愛し合ったのだ。

「だったら、同じようにしなければ」

レヴィアスはセルレイナの腰を摑み、そのまま身を起こして立ち上がった。

「あっ、きゃあ！」

当然まだ身体は繋がったままだ。不安定な姿勢で宙に浮いたことに怯えてレヴィアスに抱きつく。すると、硬度を保ったままのレヴィアスの楔がずんっとさらに奥に入るのを感じた。

「あ、ああっ」

「さぁ、このままベッドに行こうか」

楽しげに笑ってレヴィアスは歩きはじめる。セルレイナは落ちないようにレヴィアスの肩にしがみ付き、彼の腰に足を巻きつけてバランスを取った。けれどそのせいで、ますます奥深くに屹立の先端が食いこみ、得も言われぬ快感に全身を震わせる。

「ああっ、や、レヴィアス様、動か、ないで……」

歩くたびに繋がった場所に振動が走り、太い先端で奥をノックされる。背筋を這い上がる快感に、セルレイナは声を上げた。

「あっ、んんっ、だめ、ああ、だめっ」

――ああ、お願い、早くベッドにたどり着いて！

なのにレヴィアスはじれったいほどゆっくり動き、時折足を止めてセルレイナの身体をゆさゆさと揺らす。そのたびに奥をずんずんと穿たれて恐ろしいくらいの法悦が全身に広がっていく。

「んぁ、あ、は、あん、んンっ」

「ああ、なんて可愛いんだ、セルレイナ」

一方のレヴィアスはご満悦だ。長椅子で我慢できなかったことで、思った以上にプライドが傷つけられたらしい。セルレイナをいたぶって楽しんでいる。

ようやくベッドにたどり着いた時には、セルレイナは連続してイカされたせいで、荒い息を吐いていた。

「すまない、やりすぎた」

レヴィアスは繋がったままセルレイナをベッドに優しく押し倒しながら謝った。セルレイナはレヴィアスの首に手を回して引き寄せながら、口を尖らせる。

「悪いと思っているのなら、キスをしてください。さっきの長椅子で、レヴィアス様はイク時にキスをしてくださらなかった」

拗ねたように言うと、レヴィアスはにやりと笑った。

「そうだった。君は上の口と下の口が繋がったまま揺さぶられるのが好きだったな。すまなかった。今度はそうしよう」

言うなりレヴィアスはセルレイナの唇に食らいついた。セルレイナの口の中に舌を入れながら、同じリズムで腰を打ちつける。

「んんっ、ん、ふ、ぁ、んんんっ」

待ち望んでいたキスにセルレイナの全身が震える。舌を絡ませ合い、互いに咥内を貪った。上と下で同時に繋がりながら欲望のリズムを刻む。

「んぅ、んん、む、ん、はぁ」

――レヴィアス様、レヴィアス様！

レヴィアスの腰に細い足を巻きつけ、さらに深く繋がると、法悦が指先から爪先まで貫いた。

ずんずんと奥を穿たれて、太い嵩の部分に壁を擦られる。上げた嬌声はレヴィアスの口に中に消えていった。

　レヴィアスは息が苦しくなるタイミングで顔を上げると、今度は彼女の顔の横に手をついて、より深く胎内《なか》を抉った。

「あっ、あ、っぁ、あ、ああ！」

　たまらず、レヴィアスの腕に摑まりながら、セルレイナは愛する男を見上げた。二人の視線が間近で合った。

　何かに耐えるような表情でレヴィアスはセルレイナを見ている。きっとセルレイナも同じ顔をしていることだろう。

「レヴィアス、様……あ、はぁ、んっ」

　打ちつける腰の動きが速くなる。

「セルレイナ……」

「んっ、レヴィアス様っ……」

「セルレイナ、この、先も、私たちには困難が付き纏うだろう。だが私は必ず君を守って、私の妻にする。必ず幸せにしてみせる」

　誓いの言葉と共に奥深くに打ち込まれ、セルレイナは背中を反らしながら涙を散らした。

「ああっ、レヴィアス様！　私も、愛して、います！　決して放さないで……！」

二人は共に高みに舞い上がり、同時に絶頂に達した。

「あ……あ、ん……ああ……」

ドクドクとレヴィアスの怒張が脈打ち、先端から飛沫が放たれる。セルレイナは子宮に広がる熱に陶然となった。

今日は両親が別荘にやってくる関係でバタバタしていて避妊薬を飲んでいなかったことを思い出したのは、ほんの少し息が整った後のことだった。

けれど、それを口にする前に再びキスをされ、すぐに復活したレヴィアスの肉茎に膣奥を穿たれて、セルレイナはそのことを忘れた。

二人の情交はベッドに移ってからも、一晩中続けられた。まるで純潔を失ったあの日のように。

朝、目覚めたらレヴィアスをキスで起こそう。逃げ出したあの朝の分まで。

まともに考えられたのはそこまでだった。セルレイナはレヴィアスによって欲望の渦に巻き込まれて、それ以降は何も考えられなくなった。

ただ一つ、次に目覚めた時には、セルレイナの心に罪の意識は生まれないということだけは確かだった。

エピローグ　本当に罪深いのは

何度も愛されて、すっかり疲れ果てたセルレイナは、ベッドで目を閉じて静かな寝息を立てている。

しばらくの間、愛しい女性の寝顔を見ていたレヴィアスだったが、約束の時間が過ぎていることに気づいてようやく重い腰を上げた。セルレイナを起こさないように服を身に着けると、そっと寝室を出た。

向かったのは自分の執務室だ。

執務室の扉を開けたとたん、不機嫌そうな声を投げつけられる。

「遅いわ！　約束の時間はとっくに過ぎているのに、何をやっていたのよ。……いえ、言わなくてもいいわ。どうせセルレイナを好き勝手に抱いていたんでしょう!?」

声をかけてきたのはナディーンだった。ナディーンだけではなくカーレルもいる。カーレルの方はレヴィアスの遅刻を咎める雰囲気はなく、怒るナディーンを宥めながらも鷹揚に構えていた。

――元敵国の間者であることが惜しいな。

カーレルという男は間者の取りまとめ役をしていただけあって、状況判断に優れ、物事に対しても冷静に対処することができる男だ。彼と一緒でなければナディーンはとっくに捕まっていただろう。

レヴィアスとしては利点を考えてこちらの陣営の駒になって欲しかったのだが、カーレルにはもう間諜《かんちょう》からは足を洗ったと断られた。復讐を終えた今は、ナディーンと遠くの国に行って普通の商人としてやり直すつもりだと言う。

――冷徹な間者も愛する女を得ると変わるのだな。

自分のことを棚に上げてレヴィアスはそんなことを考える。

「ちゃんと責任取って結婚するつもりでしょうね、レヴィアス？　もし愛人にだなんて考えていたら、私が承知しないわよ」

疑い深そうにナディーンは問い詰める。彼女は妹のことになるととたんに母ライオンのようになる。無関心だった両親の代わりに長年彼女を守っていたからだろう。

「もちろん。すぐに結婚するつもりだ」

「今度こそちゃんとした結婚なんでしょうね？」

「もちろん、本物の結婚だ」

ナディーンが念を押すのも無理はない。レヴィアスとナディーンの結婚は名ばかりのものだった。二人はベッドを共にしたことはなく、夫婦らしい生活を送ったこともない。外では仲がいいように見せかけていただけだ。

「ナディーン。聞きたかったんだが、私が君に求婚したのは情報漏えいについて疑っていたからだということに君は気づいていたんだろう？」

「ええ、そうよ。だってあなたは口では甘いことを言っていたけど、目が冷たいままだったもの。私を好きじゃないってことは会ってわりとすぐに分かったわ」

「だったらなぜ結婚に応じたんだ？　そしてどうして命の危険を感じるまで結婚生活を続けた？」

「そりゃあ、もちろん、ローランドからも両親からもあなたと結婚しろってうるさく言われたからよ」

あっけらかんとした態度でナディーンは答えた。

「あとは、ローランドの手伝いをするのはもうこりごりだったから。足を洗いたかったの。

あなたの傘下に入ってしまえば、おいそれと情報を探ることもできなくなるでしょう？　それを狙ったのよ」

「だったら――どうしてベルマンとの三度目の戦いの時、私が伝えた情報が偽物だと分かっていながらローランドに流したんだ？」

ナディーンはレヴィアスと結婚してからは、ローランドの仕事にほとんど関わっていなかった。レヴィアスは、自分のことを警戒しているからだと思っていたが、本人曰く「足を洗いたかった」だけだったらしい。それが、たった一度だけ情報をローランドに流した。それが三度目の戦いの機密情報で、彼女がローランドに流した偽情報に踊らされたベルマン軍は敗退した。

今にして思う。ナディーンはレヴィアスが伝えた情報が偽物だと知りながら、わざとローランドに渡したのだと。

「もちろん、ローランドに一泡吹かせるためよ」

にっこりとナディーンは笑った。

「だってローランドはあの時すでに私を裏切ってジルファン侯爵家の令嬢と婚約していたし、私の侍女のミミにも手を出していたわ。偽の情報を流してボードダールが勝てば、ローランドには大打撃になると思ったの。そうしたらその通りになったわ」

確かにそうだ。偽の情報を渡したばかりにベルマン軍は敗退し、その結果、ローランドは信用を無くした。それどころか、情報漏えいが軍にバレていると焦り、証拠隠滅のために関係者を次々と殺していった。

「結果的に自分も命を狙われることになるなんて本末転倒だぞ」

「もちろん、それも承知の上よ」

ナディーンの横でカーレルが渋い顔をしている。ナディーンの偽の情報のせいで被害を受けたのは彼も同じだったからだ。カーレルもまた信頼を失くし、部下を失い、祖国からは裏切り者としてお尋ね者になっている。

だが、カーレルはその件でナディーンをなじることはないだろう。受け取った情報の精査を怠ったのはカーレルたち自身だったからだ。

「まぁ、いい。とにかく報酬だ。これを渡しておく」

レヴィアスは机の引き出しから数枚の紙を取り出すと、二人に差し出した。

「正式な通行証だ。それと新しい身分の証明書も」

「ありがとう、助かるよ」

書類を受け取りながらカーレルは礼を言った。

これから二人は名前を変え、新しい身分で外国で暮らす。よほどヘマをしない限り捕まることはないだろう。

「これからどこへ行くつもりなんだ？」

「できるだけこの国とベルマンからは遠く離れるつもりだ」

書類を大事そうにポケットに仕舞いながらカーレルは答える。

これからナディーンと彼は、公には一年前に亡くなったことになり、罪はローランドに被ってもらう。従兄が犯した情報漏えいのことを知ったナディーンは、証拠を集めて夫に知らせようとしたが、命を狙われたためにカーレルの助けを得て逃げ出した。ところが、結局ローランドに見つかってすでに殺されていたという筋書きだ。

最近王都で目撃されていたナディーンとカーレルは軍が用意した偽者だという話で落ち着く予定である。

こうすればナディーンの名誉は回復し、レヴィアスがセルレイナを妻にするための障害もだいぶ少なくなるだろう。ナディーンたちももう狙われることもなくなる。一石二鳥の解決策だ。

レヴィアスはこの先のことを考えて口の端を上げた。

——ああ、何もかもうまくいった。

このためにレヴィアスはナディーンたちの復讐に手を貸したのだ。戦争のせいで一時は手放さざるを得なかったセルレイナを、今度こそ名実ともに手に入れるために。

――セルレイナは自分を罪深いと言っていたが、実際には私の方がよほど罪深いだろう。罪の意識なんてまるでないのだからな。

まだ義妹だったセルレイナに手を出したが、レヴィアスに後悔など一ミリもない。後悔するとすれば、もっと優しく抱いて懐柔したかったということだけ。

――離れている間に私を忘れないように刻み込んでやれた。罪の意識がある限り、彼女は決して他の男の手は取れない。

レヴィアスがあの朝目覚めた時に感じたのは、そんなほの暗い愉悦だった。

「ああ、やだやだ。その顔、絶対悦に入《い》ってるでしょう！」

悔しそうにナディーンが地団駄《じだんだ》を踏んだ。

「もう、どうしてあの子はあなたなんかを好きになったのかしら。あの子があなたに惚《ほ》れたのでなければ、絶対に反対したのに。意地でもあなたと婚姻関係を維持して、決してあなたに手を出させやしなかったのに！」

「もしそうなったら邪魔者として私が君を始末したかもしれないな」

「その前に私があなたを始末したわよ！」

ナディーンとレヴィアスは睨み合った。カーレルはそんな二人を見てやれやれと肩をすくめる。

「本当にお前たちは似た者同士だな」

　基本的にレヴィアスもナディーンも気にかけた相手以外はどうでもいいのだ。そんな彼らは友人や同僚ならよかったかもしれないが、結婚相手としてうまくいくはずがない。なぜなら両者とも同じ相手に強く執着していたからだ。

　だからこそ、何も知らない、もっとも争いから遠く離れていたはずのセルレイナが巻き込まれた。決して相容れない二人のどちらからも深く愛されていたから。

「似てなんていないわ。私はこんなクズじゃないもの！　ああ、悔しい。結局あなたのいいようになったじゃない。レヴィアス、あなたがあの子に飲ませていた避妊薬。あれ本当は避妊薬ではなく、排卵誘発剤でしょう？　もしかしたらもうあなたの子を身ごもっているかもしれないわ」

　ナディーンの嘆きにレヴィアスはにやりと笑った。

　――まだ結果は分からない。だが、そのために一刻も早く結婚しなければいけないな。ゼインに言って式に着るドレスの発注はすんでいるが、まだまだ足りないものがある。色々と根回しも必要だ。

「ああ！　セルレイナも可哀想に。こんなクズに見初められるなんて。……いえ、それも私のせいね。おちびちゃん、許して」

ナディーンの声に思考を遮られ、レヴィアスは口を引き結んだ。

「うるさい。セルレイナの姉だから安定して暮らせるように手配したんだ。感謝されこそすれ、謗られる謂《い》われはない」

カーレルが慌てて口を挟んだ。

「それは感謝している。やっぱり安定した人生の方がいいからな。ほら、ナディーン、ふくれるな。いい加減に妹離れしろ。お前だって妊娠中だろうが」

その言葉にナディーンはハッとしたようにまだ平らなお腹を撫でた。

「そうね、この子のためにも新しい人生を歩むんだったわ。もうナディーンはおしまい。新しい私、新しい家族と一緒に生きていくのよ。おちびちゃんと同じね」

言いながらナディーンはカーレルが差し出した腕に手を絡ませた。

「じゃあ、名残惜しいけど、私はそろそろ行くわ。セルレイナのことをお願いね。レヴィアス。……もう会うこともないでしょうけど」

「ああ。息災《そくさい》でな」

二人は別れの挨拶を交わし、それぞれが今大切にしている者の腕の中に戻っていくのだった。

あとがき

拙作を手にとっていただいてありがとうございます。富樫聖夜《とがしせいや》です。

今回は駆け落ちしてしまった姉の夫と一夜だけの過ちを犯してしまい、罪の意識に囚われ続けているヒロインの話です。その後、姉の夫であるヒーローは軍の指揮を執るために出兵し、それから一年経って彼が王都に戻ってきた時から物語は始まります。

ヒロインは本や勉強が好きな大人しいタイプの女性です。美しくて社交的な姉の陰に隠れて両親にも放置されて成長します。卑屈にならずにすんだのは当の姉ナディーンのおかげと、夢中になれる本という存在があったこと、それに理解のある家庭教師に恵まれたからです。

作中、反省した両親をセルレイナは簡単に許してしまいますが、裏返すと彼女はもともと両親に何の期待もしていなかったということでもあります。憎んだり怒ったりするほど強い感情を持っていなかったからこそ、簡単に許せてしまえたわけです。そうやってセルレイナは自分の心を守ってきたのだと思います。

ヒーローのレヴィアス。一年後に再会してからヒロインにはほぼ鬼畜の所業ばかりでした。彼には彼なりの理由があってしたことですが、それらの行いはすべて自分の気持ちでいっぱいで余裕がなかったことに起因します。

レヴィアスは誇り高く、根っからの軍人気質だったために、自分の感情を揺さぶるヒロインに怒りにも似た感情を抱き続けていました。要するに、こと恋愛感情に関してはお子様同然だったということです。だから好きな子に意地悪してしまう男の子のような反応をしてしまったわけですね。セルレイナじゃなければ、愛想をつかされたかもしれません……。私の書くヒーローにしてはめずらしいタイプでした。


イラストの花村《はなむら》先生。素敵なイラストをありがとうございました！　バタバタしてご迷惑をおかけしてすみません。

そして最後に編集のY様。いつもありがとうございます。何とか書き上げることができたのもY様のおかげです。ありがとうございました！

それではいつかまたお目にかかれることを願って。

富樫聖夜

この本を読んでのご意見・ご感想をお待ちしております。

◆ あて先 ◆

〒101-0051
東京都千代田区神田神保町2-4-7 久月神田ビル
㈱イースト・プレス　ソーニャ文庫編集部
富樫聖夜先生／花村先生

蜜獄愛《みつごくあい》

2020年4月7日　第1刷発行

著　　者　富樫聖夜《とがしせいや》
イラスト　花村《はなむら》
装　　丁　imagejack.inc
D T P　松井和彌
編集・発行人　安本千恵子
発 行 所　株式会社イースト・プレス
〒101－0051
東京都千代田区神田神保町2－4－7 久月神田ビル
TEL 03－5213－4700　FAX 03－5213－4701
印 刷 所　中央精版印刷株式会社

ISBN 978-4-7816-9671-3
定価はカバーに表示してあります。